괴이한 미스터리

괴이한 미스터리

저주 편

나비클럽

월영 月影

서울에서 30킬로미터 정도 떨어진 월영시. 현재 신도시 계획이 잡혀 있으며 일부 아파트가 들어서고 분양이 들어간 상태. 신터널과 도로 구간은 아직 공사 중이라서 여전히 구터널을 통해 차가 오간다. 폐쇄된 병원과 낡은 모텔촌이 있는 재개발 주택지대의 구시가지 중심에 오래된 백화점이 있고, 그 앞에는 오벨리스크 형태의 위령비가 있는데 무엇을 기리는 위령비인지는 적혀 있지 않다. 이곳의 눈에 보이지 않는 기이한 존재들은 인간들로부터 자신의 영역을 적극적으로 지키고자 한다. 인간과 괴이의 중간지대를 오가는 폐지 줍는 할아버지는 저주받은 물건을 모으러 돌아다니고, 이 지역 토지신인 노란 스웨터를 입은 할머니는 괴이를 막고 사람에게 도움을 주지만 그 능력에는 한계가 있다.

차례

그림자의 정면

정세호

"죽일 거야."

또 시작이다. 상은이의 말버릇. 막 담배 구매를 시도하다 퇴짜를 맞고는 애먼 아르바이트생에게 저주를 날린 참이다. 피지도 않는 담배를 굳이 사려드는 행동도 웃기지만 그 속내가 빤한 투정은 더 웃기다. 한마디 쏴주지 않고는 견딜 수가 없다.

"맨날 말만."

"진짜라니깐? 끝날 때까지 기다렸다 죽일 거야."

"교복도 안 갈아입고 담배를 사려고 한 고딩이 잘못이냐, 알바가 잘못이냐? 너라면 어쩔 건데. 그냥 팔게?"

"아니."

"너, 쟤랑 싸워서 이길 수 있어?"

상은이는 탐색하듯 편의점 알바를 바라보았다. 운동을 하는지 몸이 좋은 남자였다. 뚫어지게도 쳐다보네. 논다, 놀아.

"글쎄?"

"진다는 얘긴 안 하네."

"됐어! 그냥 맞장구쳐주면 덧나?"

이런 식이다.

걸핏하면 화를 내면서 정론으로 들이밀면 바로 발을 뺀다. 애의 맥빠지는 행동거지에는 진절머리가 난다. 더는 못 참겠다.

"금요일 저녁에 뭐 해?"

"학원 갔다가 집이지. 왜?"

"학원 끝나고 여기서 잠깐 만나. 편의점 앞에서."

"뭐 하려고?"

"됐으니까 와. 기다릴 테니까."

"아니, 뭔데!"

"나쁜 일 아니니 나오라고, 쫌."

뭔가 더 말하려다 관둔다. 따지기 귀찮아 포기했겠지. 그런 미지근한 태도도 맘에 안 든다. 이 기회에 확 고쳐줄 생각이다.

　금요일 저녁, 상은과 나는 약속한 편의점 앞에서 만났다. 약속을 어기지 않는다는 점에서는 묘하게 성실하다.

　"그래서, 왜 불렀어? 뭐 사주게?"

　큼직한 눈이 은근한 기대감을 품고 반짝인다. 나도 모르게 눈을 돌리며 말했다.

　"더 좋은 거니까 기다려봐."

　나는 상은을 끌고 편의점 앞 공원의 길가에 쭈그려 앉았다. 길바닥에 앉은 여자애 둘을 지나가던 아저씨가 곁눈질하며 지나간다. 신경 끄고 갈 길 가시죠.

　편의점 내부가 훤히 보인다. 상은이 죽이겠다던 알바생이 일을 마무리하려는지 바쁘게 움직인다.

　"10시 다 됐나?"

　"응. 이제 좀 말해주지?"

　"기다리라니까. 너 좋으라고 하는 짓인데."

　"뭔 비밀이 그렇게 많아?"

"많지."

"뭐?"

"됐어. 기다려, 쫌."

"쳇."

시끄러운 입을 조용하게 만들고 가만히 기다린다. 잠시 후, 교대시간이 되자 다음 타임 사람이 왔고, 알바생이 편의점을 나왔다.

"가자."

"대체 뭔데?"

"시끄럽고, 오기나 해."

나는 들키지 않게 조심하며 알바생을 따라갔다. 상은이는 허둥지둥 내 뒤에서 걸었다. 키는 커가지고 영 믿음직스럽지가 못하다.

알바생은 이어폰을 끼고 걷는 중이다. 잠시 후면 주택가에 면한 작은 공원으로 들어설 것이다. 조경이 잘되어 있는 곳으로, 밤에도 운동이나 산책을 하러 나오는 사람들이 많다.

"너, 저 알바 간 보고 있지?"

"응? 글쎄. 아직은 긴가민가한데."

허둥대긴. 그 정도는 아무리 둔감해도 알아차린다. 맨날

필 생각도 없는 담배를 사려드는 주제에. 고등학생이나 되고서 하는 짓은 초등학생 같다.

"얻으려면 행동을 해야지."

"무슨 행동?"

나는 검지를 입에 가져다 댔다. 상은이 놀란 표정으로 입을 다문다.

"뭐 하는지 몰라? 미행 중이잖아."

순간, 알바생이 걸음을 멈춘다. 흠칫해서 옆을 지나가는 사람들 뒤로 몸을 숨겼다. 상은이 얼굴은 알 테니 뒤돌아봤다면 알아챘겠지만, 다행히 별 반응 없이 다시 걸음을 옮긴다.

"대놓고는 안 되겠다. 돌아서 따라가자."

"완전 스토커잖아! 나쁜 일 아니라며."

"동선 정도는 알아야지. 싫어?"

"싫지는 않지만 그래도."

"있어봐, 좀. 오늘은 탐색전이니까 긴장 풀고."

"오늘은?"

나는 대답 없이 우회로로 걸었다. 상은이는 투덜대면서도 계속 따라왔다.

미행은 알바생이 버스를 타며 끝났다. 기다린 시간 8분을 제외하면 12분 정도 걸렸다.

"20분 만에 퇴근 경로, 타는 버스까지 알았잖아. 이만하면 충분한 선물, 맞지?"

"아직 이렇게까지 할 생각 없었는데."

"이렇게까지는 무슨, 꼴랑 20분 산책한 거 갖고. 이나마도 안 도와줬으면 아무것도 못하고 죽이네 마네 했을 거잖아. 좀 고마워해라."

"으윽."

"잡고 싶은 대상이 있으면 작은 정보부터. 오케이?"

"누가 들으면 엄청 선수인 줄 알겠다."

"선수 아니라도 이 정도는 해."

선수는 선수지, 종목은 다르지만. 상은이는 아직 모른다.

처음에는 스토커니 뭐니 불평을 해댄 주제에 상은이는 빠르게 미행에 익숙해졌다. 나중에는 틈만 나면 알바생을 따라가보자고 조르기도 했다. 혼자서는 아직 무섭다나. 어느새 실력이 나아져서 때로는 아무 말 않고 있어도 스스로 거리를 재가며 움직이기도 했다.

"늦게 배운 도둑질이 무섭다더니."

"우리 아직 고등학교 2학년이거든."

등을 떠밀어준 입장에서 상은이의 성장을 보는 재미는 있었지만 시간이 지나며 귀찮아졌다. 나중에는 알바생을 원하는 건지, 미행 자체에 재미가 들린 건지 모를 정도로 진도를 나가려들지 않았다. 그러거나 말거나 상은이는 목요일 하교 시간이 되자마자 득달같이 달라붙어 금요일 밤에 동행해달라고 졸라댔다.

"그만 좀 해라. 간만 보다 숟가락 놓을래?"

"조금 더 지켜보고."

"됐으니까, 이제 부르지 마."

"운동 삼아 갔다 오면 되잖아!"

"노인네냐? 바빠! 갈 거면 혼자 가."

"너무해!"

"이 정도 도와줬음 됐지! 혼자서도 잘하면서."

일부러 매몰차게 말했지만 상은이는 여전히 꿍얼대며 동정심을 자극하기에 여념이 없다. 경험상 이 상태에서는 한 번쯤 자극을 줘야 한다. 내 배려를 애는 알까.

"계속 꾸물대면 내가 채간다."

"뭐?"

"솔직히 말해서 나도 관심 있거든, 그 알바생."

일부러 상은이를 쳐다보지 않고 말한다. 뺨에 꽂히는 시선이 따갑다.

"농담이지?"

당연히 거짓말이지, 밥통아. 관둘까 하다가 끝까지 가본다. 어쨌든 친구니까.

"농담 아닌데? 싫으면 진도 빼! 네 말마따나 스토커 짓 그만하고."

마지막에 본심을 노출해버린 듯한 기분이지만 머리 나쁘고 눈치 없는 누구는 모를 테지. 곁눈질하니 역시나 벌게진 얼굴로 째려보는 중이다. 얼씨구.

"안 돼!"

엥? 이건 또 무슨 반응이래?

"그러면 안 돼. 걔한테 접근하면 큰일나!"

"야, 야. 진정해. 농담이야!"

"농담?"

"그래! 너 등 떠밀려고 한 소리란 말이야."

"농담할 게 따로 있지…."

상은이는 뭔가 더 말하려다가 눈물까지 글썽이며 먼저 뛰어가버렸다. 놀려준 적이 한두 번도 아닌데 저렇게까지 열을 내기는 처음이다. 당황해서 나도 모르게 변명을 한 꼴이 됐다. 열받네.

결과적으로는 실패한 작전이 됐지만 어쩔 수 없다. 보는 내가 화병이 날 지경이었으니까. 어차피 내일쯤이면 먼저 미안하다며 다가오겠지. 늘 그랬다.

'집에 혼자 가려니 좀 그렇지만.'

가끔은 옛 기억을 떠올리며 홀로 돌아가는 귀갓길도 좋다. 가방을 둘러메고 교문을 나선다.

우리 학교는 야간자율학습이 없다. 내가 사는 월영시는 원칙적으로 야간자율학습이 폐지된 지역이지만, 아직 자체적으로 실행하는 학교도 제법 있는지라 이 학교를 다니게 된 점이 내게는 행운이다. 저녁시간은 소중하니까.

이 도시에 온 지도 어느덧 4년째다. 중학교 2학년 때 아버지의 사업 때문에 이사를 온 당시에는 늘 불안했으며 이유모를 두려움에 시달리고 있었다. 예민할 시기에 난생처음 서

울을 벗어나 살게 되었으니 당연했지만, 그런 평범한 이유 외에도 이 도시에는 어쩐지 마음을 불편하게 하는 무언가가 있었다. 그것은 바다에 면한 산업단지 탓에 늘 탁한 공기나, 우리 가족이 사는 주택가 근처 묘지의 꺼림칙함 때문이 아니었다.

갓 왔을 때는 원치 않은 이사를 한 중2가 느낄 법한 짜증에 차 있었지만, 그것도 이곳의 지리에 익숙해지고 새 친구들을 사귀며 무뎌졌다. 서울의 친구들이 그리울 때면 전화를 하거나 주말에 시간을 내서 만나면 그만이었다. 일상적인 불편은 있었으나 크게 신경쓸 정도는 아니었다. 예상보다 쉽게 적응하고 새 친구들도 금방 사귄 내 모습에 부모님이 기뻐하실 정도였다.

하지만 불안함만은 사라지지 않았다. 언제부턴가 눈 닿지 않는 어딘가에서 무언가가 날 바라보다, 손을 내밀어 마음속에 조금씩 흠집을 내는 듯한 괴상한 불안감을 떨치기가 힘들었다. 그 손은 어디에나 있었다. 학교, 집, 길 위, 발 딛고 살아가는 모든 순간들에.

주위에 도움을 청해야 할 시점이었으나 그러지 못했다. 해결방법이 있는 문제라기에는 증상이 황당하고 원인도 특정하기 힘들었기 때문이다. 결국 스스로에게서 원인을 찾으며 가만히 불안을 받아들이자고, 그러다보면 나아질 것이라고 바보 같은 생각을 해버렸다. 상황은 점점 더 악화되었다. 식욕이 떨어졌고, 잠을 제대로 못 자 어느샌가 부모님은 물론이고 보는 사람들마다 걱정할 몰골이 되어갔다.

주위에서는 나를 돕기 위해 애를 썼으나 소용없었다. 불안감은 감당하기 힘들 만큼 커져갔다. 나를 주시하며 심장을 움켜쥔 손에 힘을 주는 존재가, 이 도시에는 분명히 있었다.

그리고 어느 순간, 무언가가 부서졌다.

언제 그랬냐는 듯 불안감이 가셨다. 식욕이 돌아오고 잠도 잘 자게 되었다.

컨디션은 좋아졌지만 당황했다. 불안감과 함께 내 안에서 뭔가 없어졌는데 그게 뭔지 알 수 없었으니까. 거기에 날 더욱 미치게 만들었던 것은 감당이 안 될 정도로 들끓는 상실감이었다. 뭔지는 모르겠는데 하여튼 잃어버려서 상실감을 느낀다니, 이 무슨 바보 같은 이야기란 말인가!

연달아 찾아온 추상적이고 원인도 알 수 없는 변화들에 난 서서히 지쳐갔다. 아무렇지 않은 척 지내기에도 한계가 있었고, 예전 같았으면 웃어넘겼을 사소한 불쾌함도 참지 못했다.

도벽이 생긴 것도 그때부터였다. 아니, 이미 훌륭한 소매치기였다. 할 수 있겠다는 생각이 들고부터 다른 사람 물건에 손을 대기 시작했고, 익숙해지고 나서는 칼로 핸드백을 찢고 물건을 꺼내는 경지까지 이르렀다. 그리고 들키지 않았다. 이전까지는 한 번도 해본 적 없는 행동이었다.

실력이라고 할 수 있는지는 모르겠다. 언젠가부터 사람들의 시선이 닿지 않는 영역, 그림자 진 곳들이 눈에 잘 들어오기 시작했다. 굳이 표현한다면 도시의 어둠을 활용할 수 있게 되었다고 할까. 뭘 하더라도 들키지 않을 순간과 장소를 감지하게 되었고, 동시에 무엇이라도 남에게서 빼앗아 부서진 부분을 채우고 싶다는 생각에 시달렸다. 그 결과가 지금의 니였다. 이 능력 같지도 않은 능력과 서열한 욕구가, 도시가 내 일부를 가져간 대신 던져준 보상이었다.

이래서는 안 된다는 자각은 있었으나 한번 시작한 이상행동을 멈추기는 힘들었다. 그렇게 난 도둑질로 공허감을 채우는 외톨이가 되었다.

집 근처 정류장에서 버스를 내린다. 돌아오는 길에는 작은 개천과 다리가 있다. 다리 위에 서면 개천 저편으로 저녁달이 떠오른 하늘 아래 조금씩 어둠이 내리는 도시가 보인다. 보기

괴이한 미스터리

좋은 풍경이었지만, 보고 있노라면 왜인지 빨려드는 듯한 기분에 고개를 돌리게 된다. 그러면서도 학교나 집에 있다보면 때때로 못 견디게 다리 위의 풍경이 보고 싶어졌다.

이곳에서 산 지 4년. 도시는 한창 개발이 진행 중이지만 여전히 낙후된 곳이 많고, 잊을 만하면 강력사건이 일어난다. 왜인지 검거율도 낮다. 한동안 연쇄실종으로 뉴스가 도배되더니, 최근에는 한술 더 떠 연쇄살인이 일어나고 있는 중이다. 희생자들 대부분의 뒤통수에서 야구배트로 추정되는 둔기로 인한 타박상이 발견된다고 해서 언론에서는 '야구배트 연쇄살인'이라 부른다. 연쇄실종 피해자들은 모두 가정폭력, 절도, 살인 용의가 유력하면서도 처벌을 면했던 이들이었기에 속시원하다는 의견도 많았지만, 연쇄살인 피해자들은 보통 사람들이라 앞선 사건의 만화 같은 카타르시스 따윈 없었다. 어쨌든, 바람 잘 날 없는 곳이다.

나는 그런 일상 속을 텅 빈 눈으로 배회한다. 검은 성벽처럼 변한 도시가 드리우는 그림자에 녹아들어 사라지고 싶어한다. 어둠을 비집고 내 일부분을 박살낸 손끝이 보고 싶어진다. 이전의 내가 어땠는지 기억나지 않는다. 어느새 이 도시의 일부가 되었다는 증거일지 모른다.

그리고 상은이를 만났다.

중학교 3학년으로 올라가서도 나는 반 아이들과 가까워지지 못했다. 같은 반이었던 애들은 새로 만난 친구들에게 내가 어느 날부턴가 이유 없이 이상해진 애라는 소문을 퍼뜨렸다. 중학생으로서의 마지막 해를 홀로 지낼 마음의 준비를 할 때, 상은이가 다가왔다.

계기는 읽던 책이었다. 아웃사이더의 정석대로 그 무렵의 나는 혼자 책읽기를 즐겼다. 여섯 명의 작가들이 참여한 호러 앤솔러지였는데, 딱히 재미있지는 않았으나 중간에 멈추기가 싫어 꾸역꾸역 읽는 중이었다. 예나 지금이나 내 독서 취향은 어두컴컴한 장르물에서 벗어나질 않았다. 또래 애들의 관심사와는 거리가 있는 편이었다.

"재밌어?"

그러니 다짜고짜 이런 질문을 받았을 때 당황할 법도 했다. 큰 키와 대조적인 천진난만한 인상에 부담스러울 정도로 큰 눈을 가진 여자애를 보자마자 오랜만에 대답할 단어를 고르느라 허둥거리는 한편, 나와 비슷한 종류라는 사실을 깨달왔다. 요컨대 뭔가를 잃어버린 인간이란 이야기다.

나처럼 소문이 안 좋은 애에게 해맑은 얼굴로 다가왔기 때문만은 아니다. '그냥' 알아챈 것이었다. 동종의 냄새라고 할까, 중2병에 찌든 십대의 대사처럼 들리지만 사실이니 어쩔수 없다.

'뭔가'를 잃고부터 시간이 지나며 나처럼 어딘가 부서진 사람을 알아볼 수 있게 되었다. 사람에 따라 느껴지는 정도의 차이는 있었지만, 돌아다니다보면 심심찮게 마주치곤 했다. 더 좋은 이름이 떠오르지 않았기에, 나는 나와 상은이 같은 사람들을 '부서진 이들'이라고 불렀다.

"별로."

"별로면 왜 읽는데?"

"읽기 시작했으니까."

"아, 그런 거 있어! 재미는 없는데 시작했으니 끝내야겠다 싶은 거."

은근슬쩍 공감대 형성을 시도하며 상은이는 웃었다.

"나도 이런 책 좋아하거든? 살까 말까 했는데 네가 읽고 있더라. 아, 나 상은이라고 해. 최상은. 넌?"

"강미진."

태도는 뭣 같았어도 일부러 사람을 밀어낸 적은 없다. 그러니 애랑 같이 지내도 괜찮겠다, 라고 나는 생각했다.

오랜만에 친구가 생겼다고 변화의 조짐이 보이지는 않았다. 여전히 저지르고 싶을 때 저질렀고, 아무렇게나 말을 내뱉고는 후회도 하지 않았다. 대부분의 애들이라면 이미 학을 떼고 도망갔겠지만 상은이는 그러지 않았다.

감정적인 반응이 있어도 지속시간이 짧았다. 화를 내는가 싶더니 10분도 지나지 않아 다 잊어버린 듯 말을 거는 상은이를 보며 늘 동질감을 느꼈지만 아직까지 직접 표현한 적은 없다. 사실 상은이도 무의식중에 알고 있으리라. 바보라 못 알아채서 그렇지.

첫 만남 이후 우리는 쭉 함께 지냈다. 나와 같은 종류의 사람이 친구라는 사실은 생각보다 많은 위안이 되었다. 마침 집도 가까웠다.

때로 내가 느끼는 감정과 생활의 어려움을 더 많이 공유해볼까 하는 생각도 했지만 결국 그러지 않았다. 섣불리 거리를 좁혀 짐을 나눠 들어주길 요구하긴 싫었다. 그렇게 나름의 배려를 발휘해 한 발짝 떨어져 지내면, 오히려 상대방이 더 잘 보이게 마련이다. 그래서 아침부터 상은이가 뭐 마려

괴이한 미스터리

운 사람처럼 책상 옆에서 웅얼대도 놀라지 않을 수 있었다.

"미진아. 저기, 어제….."

"하지 마."

"응?"

"네가 사과를 왜 하냐? 헛소리는 내가 했는데. 미안해."

"아냐, 내가 미안."

"하지 말라니까."

"너무 오버했어. 넌 나 생각해서 해준 소린데, 바보같이 당황해서."

"괜찮아. 우리, 서로 사과하지 말자. 응?"

"응, 고마워."

"훨씬 낫네."

바보이긴 하다. 하지만 언젠가는 스스로의 결핍을 알아챌 것이다. 언제가 됐든, 나는 그때 곁에 있어주고 싶다. 상은이가 그랬듯이.

"그보다, 어제 갔었는데."

"뭐, 어제도?"

"응. 화난 김에 나 혼자 갈 거야! 하고 따라갔었어."

"이제야 홀로서기에 성공했구나. 축하한다."

"헤헤, 잘했지? 집 위치도 알아냈어."

"어떻게?"

알바생의 집은 우리가 사는 신시가지 북쪽 동네 중에서도 지은 지 오래된 빌라나 단독주택이 많은 구역에 있었다. 함께 갔을 때는 인적 드문 골목이 많아 조용히 따라가기 힘들어 포기했던 동네다. 아무래도 이제 나보다 미행을 잘하는 모양이다.

"작은 빌라 3층에 살더라. 현관 비밀번호 필요한 곳도 아니라서 쉽게 알았어."

"축하한다. 넌 이제 당당한 스토커야."

"헤헷."

"웃긴. 그 알바생이 그렇게 맘에 들어?"

"음… 글쎄."

"글쎄? 그 난리를 쳐놓고?"

"나도 잘 모르겠어. 그냥, 딱 맞을 것 같다고 해야 하나?"

순간 강렬한 기시감을 느꼈다. 두려워진 동시에 곤혹스러워졌다.

"딱 맞는다고?"

"응! 뭔가 와. 찌릿찌릿하고."

"이제 어쩌게?"

"너한테 또 혼나지 않으려면 움직여야지? 스토커 짓 그만하고."

상은이는 웃으며 말했다. 처음 만났을 때와 똑같은 표정이다.

"내일 얘기해볼 거야."

상은이가 행복하길 바란다. 쟤가 무엇을, 누구를 원하든 상관없다. 하지만 그 알바생이 '부서진 이들'이라면 이야기가 다르다. 상은이는 분명 그를 만났을 때 찌릿찌릿하다고 했다.

'왜 난 몰랐지?'

사람에 따라 정도의 차이는 있다. 때로는 코앞에서야 감이 오기도 한다. 하지만 이렇게 낌새조차 못 챈 적은 처음이었다. 상은이는 한 번도 우리와 비슷한 사람을 봤다느니 한 적이 없어서 더 이상했다.

이유 모를 불안감이 엄습했다. 말리고 싶은 강한 충동을 느꼈지만 이유를 찾지 못했다. 결국 갈피를 잡지 못한 채 시간만 흘려보냈다.

다음날 방과 후, 상은이는 준비를 한다며 집으로 갔다. 어차피 교대시간은 밤 10시니 그때까지는 시간이 있다.

상은이와 내가 사는 아파트 사이엔 4차선도로 하나뿐이라 헤어지고 등 돌리면 바로 우리 아파트단지다. 그 짧은 길을 걸으면서 나는 수십 번도 더 상은이를 말려야 하지 않을까 고민했다.

왜 이렇게 안절부절못하는지 나도 모르겠다. 마치 불안증이 다시 도진 듯한 기분이었다. 집에 와서도 진정하지 못해 저녁도 먹는 둥 마는 둥 하고 방안에 틀어박혔다. 부모님은 예전 생각이 나셨는지 괜찮으냐고 몇 번씩 물으셨다. 문제없다고 거짓말을 했다.

역시 이상하다. 나 역시 그 알바생에게 물건을 산 적이 있지만 아무것도 못 느꼈다. 말꼬리를 약간 늘이는 버릇과 반쯤 감은 듯한 눈매 때문에 피곤해 보이는 인상을 제외하면 특별히 시선을 끄는 구석은 없었다.

그렇게 침대에 누워 핸드폰을 만지작대며 연락할까 고민하다 어느 틈엔가 지쳐 잠이 들었다. 깨어나 시계를 보니 10시 15분이었다.

'안 돼.'

바보 같은. 어떻게 잠을 잘 수가 있었지. 시계를 보자마자 이럴 거면서, 진작 움직이지 않다니.

전화를 했지만 받지 않았다. 꺼냈나? 진동을 못 알아챘나?

편의점 앞에서 기다렸을까. 사람이 많이 다니는 길이라 부끄러웠을지 모른다. 알바생이 퇴근하는 경로 중 인적이 드문 곳은 사는 동네뿐이다. 어설픈 추측이지만 가는 수밖에 없다. 다행히 자학을 계속하다 시간낭비를 하거나 패닉에 빠지지는 않았다. 허둥대면 부모님이 더 걱정해서 밖에 나가지 못할 수도 있다.

나는 아무렇지 않은 척하며 부모님에게 잠깐 상은이와 이야기하다 오겠다고 말했다. 내 불안이 사라지고 나서 사귄 첫 친구이자 현재까지 유일한 친구인 상은이에게 부모님은 늘 고마워했고, 늦은 시간에 만난다 해도 관대하신 편이었다. 최근 미행이 뜸해져 귀가가 늦는 날이 줄어서인지, 한동안 민감하시던 부모님은 너무 오래 얘기하지 말라고만 하시고 야간 외출을 허락해주셨다. 아마도 집 앞에서 만나리라 생각하셨겠지. 거짓말은 하지 않았지만 부모님께 마음속으로 죄송하다 외치며 집을 나왔다.

큰길을 향해 뛰면서 생각한다. 난 뭘 막고 싶지? 적극적으로 나서라고 종용했던 주제에 지금은 왜 이 난리를 치지?
계속 떠오르는 질문들에 대답조차 못하면서도 발걸음은 멈
추지 않는다. 확신이라고 해도 좋을 만큼 강한 예감이 들었
기 때문이다. 분명, 그 둘이 만나면 안 좋은 일이 생긴다. 예
감은 마치 누군가의 속삭임처럼 들려온다. 가슴에 뚫린 구멍
깊숙이에서.

'말해줄 거면 진작 해주든가!'

처음부터 미행 따위를 시키지 말았어야 했다. 몰아치는 후
회를 가라앉히고 뛴다. 일단 상은이를 만나고 나서 생각해도
늦지 않다.

택시를 잡아타고 알바생이 사는 동네 근처에서 내렸다. 인
적이 드물고 낡은 주택들이 늘어선 동네의 밤거리는 가로등
도 드문드문 서 있어 어둡다. 입구에 홀로 켜진 가로등 불빛
너머 주택가의 초입이 마치 끝을 가늠하기 힘든 동굴의 입구
처럼 보인다.

발걸음을 뗀다. 가로등 불빛을 뒤로 하자마자 어둠이 몰려
든다. 양옆으로 늘어선 낡은 집들에서 나오는 불빛마저 희미
하게, 짐승의 눈빛처럼 깜박인다.

'괜찮을 거야.'

별일 없으리라고 중얼대는 스스로가 우습다고 생각하며 계속 걷는다. 다음 불빛을 향해, 쉬어갈 섬을 찾는 표류자처럼.

어둡고 조용한 길인데 왜인지 귀가 수선스럽다. 속삭이는 소리, 혹은 파도치는 소리처럼 들린다. 나도 모르게 귀를 막지만 소용없다. 종종걸음으로 뛰어 가로등 불빛 아래 도착해 뒤를 돌아보자마자 소리가 멈춘다. 물러서는 소리의 끝자락, 가로등 불빛과 어둠의 경계선에서 꿈틀대며 몸을 숨기는 무언가가 보인다.

'또야.'

불안함. 익숙한 감정과 경련이 온몸을 훑고 지나간다. 날 바꿔놓은 그것, 도시가 내밀었던 손끝.

"뭘 더 가져가려고?"

더는 뺏기기 싫다. 무엇으로 변했는지도 모르는 채 변해버렸는데 더 나빠질 수는….

아.

안 돼.

근거는 없지만 알 수 있다. 이 거리는 함정이다. 알바생은 미끼다. 그래서 알아채지 못했던 거다. 이 도시는 이제 내게서 상은이를 빼앗아 가려 한다.

나는 생전 처음으로 공포에 빠져 소리를 질렀다.

"상은아!"

상은이를 부르며 무작정 뛴다. 마지막 왔던 때의 기억을 필사적으로 떠올렸지만 어두운 골목은 다 똑같아 보인다. 금방 길을 잃었다. 어떤 모퉁이, 골목, 샛길을 달려도 지나왔던 어딘가로 이어진다.

"상은아! 어디 있어! 야, 최상은!"

대답이 없다. 시끄럽다고 역정을 내는 목소리가 들릴 법도 하건만 거리는 조용하다. 그 침묵이, 평범한 주택가가 아니라는 증거처럼 느껴져 소름이 돋는다.

"상은…!"

골목길을 돌아 나오는데 뭔가에 부딪쳐 바닥에 나뒹굴었다. 왼쪽 발목에 날카로운 통증이 느껴진다.

"악!"

"조심성 없긴."

고개를 들어보니 웬 할아버지가 손을 내민다. 뒤쪽으로는 검은 방수포를 씌워놓은 리어카가 보인다. 뒷바퀴를 보지 못하고 발이 걸려 넘어진 모양이다.

"죄, 죄송합니다."

노인은 손만 내민 채 대답이 없다. 퉁명스러운지 친절한지 모르겠다. 손을 잡자마자 노인은 순식간에 나를 일으켜 세웠다. 왜소해 보이는 체격에서 예상하기 어려운 강한 힘이었다.

"다친 데는?"

"괜찮습니다. 피는 안 나요."

"누굴 그렇게 찾아? 고래고래 소리를 지르고, 동네 시끄럽게."

"죄송합니다. 그, 제 친군데요…. 그게…."

말을 잇지 못하자 할아버지는 잠시 나를 보고 서 있더니 품에서 특이하게 생긴 담배를 꺼내 물었다. 보라색 종이로 말린 궐련이었는데, 표면에는 검은 글씨로 처음 보는 문자가 새겨져 있었다.

"실례. 냄새는 좀 나겠지만 담배는 아니야."

할아버지가 담배에 불을 붙이고 숨을 내쉬자, 이상할 정도로 많은 연무가 피어오르며 천천히 꿈틀거렸다.

"친구가 이 골목에 들어섰다고?"

"네."

"학생은 길을 잃었고?"

"맞아요. 친구를 찾아서 나가려는데 언제부턴가 계속 같은 자리만 맴돌고 있어요. 저… 혹시 도와주실 수 있을까요? 부탁드릴게요."

"흠."

할아버지가 한 차례 더 숨을 내쉬었다. 수상쩍을 정도로 달착지근한 향기가 코를 간지럽혔다.

"이 골목은 원체 어둡고 복잡해서 오래 산 주민이 아니라면 헤매기 십상이지. 나는 돌아다니면서 잡동사니를 모으는 게 업이라 길은 알려주겠지만…. 친구를 데리고 나갈 생각이라고?"

"맞아요. 자세히 설명하긴 힘들지만 지금 분명히…."

"내 눈엔 그렇게 보이지 않는데."

"네?"

아까부터 뭔지 모를 위화감이 들었다. 사소하지만 자연스럽지 않은 그림을, 할아버지의 말에 얼빠진 질문으로 답하자마자 눈치챘다.

담배가 짧아지지 않는다. 담배연기가 사라지지 않는다. 계속해서 뱀처럼 꿈틀거릴 뿐.

휘익. 할아버지가 휘파람을 불듯 바람을 불자 꿈틀대던 연기가 그제야 꼬리를 끌며 사라졌다. 단내가 더 짙게 풍겼다.

할아버지는 연기의 궤적을 바라보다가 말했다.

"더 어두운 길로 들어가. 가로등 반대, 빛이 없는 방향이야. 가다보면 여기다 싶은 곳에 불이 켜져 있을 거야."

"문은 열려 있을까요?"

"아마도."

"할아버진 누구시죠?"

할아버지는 한 번 더 궐련연기를 내뿜으며 말했다. 담배연기는 머물지 않고 어둠 속으로 흩어졌다.

"소일거리로 여기저기 쏘다니는 넝마주이지."

그렇게 말하고 할아버지는 다시 리어카 손잡이를 붙잡았다.

"길을 잘 짚어가. 엉뚱한 쪽으로 가지 말고."

바퀴가 둔탁한 소리를 내며 구른다. 리어카는 이내 어둠 속으로 사라졌다. 바퀴소리도 더이상 들리지 않았다.

저 할아버진 누구일까. 뭔가 없어진 정도가 아니라, 사람인지 아닌지조차 확실치 않다. 무언가 다른….

아니, 멍하니 있을 때가 아니다. 상은이를 찾아야 한다.

발걸음을 옮긴다. 들은 대로 빛의 반대쪽, 어두운 곳을 향해 뛰었다. 나아갈수록 똑같아 보였던 길에 점차 어둠이 짙어진다. 이윽고 어디가 길인지, 벽인지도 알 수 없을 정도가 되었다.

맞는 길일까. 방금 전의 할아버지도 도시의 일부일지 모른다. 도움이 아닌, 나를 집어삼키려는 손길의 편린일지 모른다. 그렇더라도 지금은 믿을 수밖에 없다. 최소한의 납득 가능한 결말이라도 낼 수 있길 바라면서 뛴다. 빛을 등지고.

얼마 뒤 작은 빌라가 나타났다. 상은이가 이야기한 낡고 볼품없는 빌라의 3층 오른쪽 집, 희미한 흰색 조명이 무저갱 속에서 홀로 빛난다. 경련하듯 떨리는 불빛 사이로 설핏 그림자가 비친다.

'찾았다!'

숨이 턱까지 찬 상태에서도 현관문을 열고 계단을 뛰어올라갔다. 빌라 안쪽은 어둡지만 넘어지지 않는다. 누가 있을지, 어떤 상황이 펼쳐져 있을지도 모르는 채 돌진한다.

칙칙한 민트색 칠이 된 문에 구식 손잡이가 달려 있다. 잡고 돌리자, 할아버지의 말대로 문이 열린다.

"어서 오세요~."

말꼬리를 끄는 목소리. 익숙하다.

"손님이 많네."

상은이가 따라다녔던 알바생, 그 남자가 손에 야구배트를 든 채 서 있었다. 그의 발아래 쓰러진 상은이의 옷 위로 까닥대는 배트 끝에서 피가 방울져 떨어졌다. 좁은 방의 창 너머, 올 때는 보이지 않았던 가로등 불빛이 새어 들어와 남자의 얼굴에 그림자를 드리웠다.

"상은아…!"

대답이 없다. 속으로 비명을 지른다.

"여고생이 두 명이나 놀러오고. 오늘 나 인기 좋은데?"

"상은이한테 뭘 한 거야, 이 개새끼야!"

"자기방어."

남자가 배트로 상은이를 가리키며 말했다.

"말해두지만 먼저 따라다닌 쪽은 너희들이다? 안 그랬으면 이럴 일도 없었어."

"걘 당신이 좋아서 그랬단 말이야!"

남자는 눈썹을 찡그렸다. 짧은 순간 여러 가지 표정이 얼굴 위를 스쳤다. 그 변화가 너무 빨라, 마치 영화나 뮤직비디오에서 볼 법한 특수효과처럼 보였다.

"푸하하하!"

웃음소리가 길게 이어졌다. 배를 잡고 한참을 웃더니, 배트를 짚고 구부정하게 선 채 말했다.

"너 의외로 아무것도 몰랐나보다? 푸핫!"

"무슨 뜻이야?"

"행복한 착각에 빠질 수 있으면 나도 좋겠지만, 이래뵈도 주제를 아는 타입이라."

남자는 배트를 고쳐 잡았다. 나는 한 발 뒤로 물러섰다.

"들키지 않을 자신은 있는데, 뉴스가 너무 시끄러워져서 잠깐 자제할까 했거든? 그러던 와중에 너희들이 따라다녀서 아무리 나라도 조금 불안했지. 결과적으로는 헛다리였어도 손맛 보게 해준 건 고맙다. 아주 짜릿해, 지금."

"뉴스…?"

뇌리에 뭔가가 스친다. 최근까지 이어진, 둔기에 의한 연쇄살인.

"야구배트 살인마."

"빨리도 안다."

살인마가 한 발짝 다가온다. 나도 아무 준비 없이 오지는 않았다. 품에서 챙겨 온 캠핑용 나이프를 꺼내든다. 소매치기할 때 쓰는 도구다.

"자세 좋은데? 익숙한가봐."

"다가오지 마."

"너, 혹시 그런 생각 안 들어? '왜 쟤가 미친놈인 줄 미리 알지 못했지?' 이 얘길 왜 하냐면, 나는 보자마자 알았거든. 너, 알맹이 어딘가가 없어졌지?"

심장 고동소리가 커진다. 내 눈동자도 커졌으리라. 살인마가 눈치채지 못했기를 바랄 뿐이다.

"넌 몰랐는데 나는 아는 이유를 말해줘? 그건 말이지, 범위의 문제야. 박살난 영역이 작아도 잘 안 보이지만, 그 반대의 경우에는….”

팍, 하는 소리와 함께 남자가 달려든다. 칼을 든 손이 튕기듯 솟구친다.

"아예 종자가 달라지거든."

내가 휘두른 칼이 남자의 뺨을 스친다. 동시에 아래로 피한 남자의 야구배트가 아래에서 위로 날아온다. 전력으로 몸을 뺐지만, 조금 늦었다.

둔중한 통증과 함께 뇌가 흔들린다. 뒤집히는 시야 한가운데 피가 흘러 남자의 얼굴을 붉게 물들인다. 잠시 비틀대다 결국 쓰러진다.

"쟤도 정타로 날렸다고 생각했는데 안 죽더니, 오늘 묘

하네."

남자가 나를 내려다본다. 머리가 잘 돌아가지 않는다. 온몸에 힘이 빠지고 설 수가 없다. 마지막까지 놓치지 않았던 칼마저 뺏긴다.

"비싸 보인다? 칼은 취향이 아니지만 잘 쓸게."

아끼는 건데.

남자는 내 머리 앞에 서서 배트를 치켜들었다.

"당신… 잡힐… 거야. 날 본 사람이… 있으니까…."

"잡히려면 진작 잡혔지. 요즘 세상에 연쇄살인이 쉽겠어? 지금까지 일곱 명을 죽였는데 왜 아직 안 잡혔을까? 내가 증거 하나 안 남기고, CCTV도 다 피하는 천재 살인마라서?"

남자가 낄낄대며 배트를 까닥거린다. 맘에 들지 않는 제스처다. 저항할 힘이 없어 안타까울 따름이다.

"그랬으면 좋았겠지만, 아냐. 박살나면 박살날수록, 이 엿 같은 도시가 내 편이 되거든. 보통 사람들한테 안 보이는 영역이 늘어난다고. 여기 오면서 고생 좀 했지? 큭큭큭. 한마디로 이 동네는 내 구역이다, 그거야."

시끄러워. 그 정도는 나도 아니까. 설명하느라 시간 끄는 악당처럼 굴지 말라고.

"여유 잡는 건 다 그럴 만하니까 그래. 하지만 지루하니 여기서 끊자. 잘 가!"

마음을 읽는 재주도 있었나. 야구배트가 머리 위로 올라간다. 나는 상관없지만 상은이가 걱정된다. 아직 죽지 않았다면 지금이라도 일어나주길. 부디 도망갈 수 있길.

다리 위 풍경이 떠오른다. 돌아갈 곳이라 생각했던 도시의 어둠에, 결국.

"멈춰."

감기던 눈이 번쩍 떠진다. 상은이의 목소리다.

"휘두르면 당신, 죽어."

어느 틈에 소리도 없이 상은이가 일어나 있다. 붉게 물든 시야에 그림자가 졌어도 저 애의 얼굴은 알아볼 수 있다.

"거참, 오랜만이라 그런가? 일어서기까지 하다니, 반성해야겠어."

"배트 내려놔."

"싫은데?"

"죽일 거야."

"무섭네. 그러시다면야."

남자는 배트를 내려놓는가 싶더니 내 멱살을 잡고 일으켜 세웠다. 머리가 흔들리자 심한 현기증이 느껴졌다. 욕지기가 치밀어 올랐다.

"으윽."

빼앗긴 나이프가 목 아래로 들어왔다. 선뜩한 날붙이의 감촉이 목덜미로 느껴졌다.

"무슨 짓이야!"

"이럴 필요까진 없지만 재밌을 것 같아서."

"난… 콜록, 상은아, 난 괜찮으니까… 도망가."

"구해줄게. 기다려."

"기왕 놀러왔으니 재밌는 거 하나 더 알려줄까?"

"악!"

칼날이 턱을 스치자 피기 목을 타고 흘러 티셔츠를 적셨다. 상은이가 비명을 질렀다.

"안 돼!"

"어어, 진정해. 살짝 긁힌 것뿐이야."

"죽일 거야. 죽인다!"

"분위기를 보아하니 억울해서 말이야. 학생, 네 친구가 왜 여기 쓰러져 있었을까?"

놈이 내 귀에다 역겨운 숨결을 불어넣으며 말했다. 네 비열한 수작에 당했겠지. 빌어먹을 미로에서 헤매다 걸려들었겠지. 쉽지는 않았을 거야. 쟨 나랑 달리 튼튼하거든. 지금 일어선 것만 봐도 알 수 있잖아. 독설을 쏴주고 싶지만 말하기가 힘들다.

"자기방어라고 했지? 네 친구가 먼저 날 공격했다, 그거야. 따라다닌 정도가 아니라!"

뭐? 이상한 단어를 들은 것 같다. 공격?

"쟤는 말이다. 나보다 더하면 더했지 덜하진 않을 만큼 박살이 나서, 죽이는 건 고사하고 아예 삼켜버리는 타입이라고! 우리 동네 아니었으면 내가 당했을 거다. 알기나 해? 어설프게 부서진 꼬맹이!"

자꾸 감기려는 눈을 힘겹게 뜨고 상은이를 본다. 한 번도 본 적 없는 표정. 슬퍼 보이기도, 놀란 듯도 하고, 주체할 수 없을 만큼 화가 난 듯도 한 표정. 아니, 상은이가 맞나? 갑자기 몇 발짝 앞의 상은이가 낯설어 보인다. 아무래도 내 상태가 안 좋은 모양이다. 눈을 떴는데도, 사방이….

"뭐야? 뭐야, 이거?"

"미진이는 건드리지 말았어야 돼."

가로등 불빛이 가려진다. 스멀거리며 다가오는 어둠이 빛을 지운다. 그리고 그 어둠은 상은이로부터 흘러나온다.

"제기랄, 관둬! 그러다 진짜 돌이킬 수 없게 된다고! 지금도 넌 충분히…!"

"닥쳐."

슉.

갑자기 상은이의 모습이 시야에서 사라졌다. 배트 살인마가 마구잡이로 칼을 휘두르며 패닉에 빠져 소리를 지르는 꼴을 보니 착시는 아닌 모양이다. 아니면 이 모든 게 꿈인지도.

"오, 오지 마! 오면 네 친구부터 죽인다!"

이 거지같은 상황이 꿈이라면, 상은이가 날 구해주길 바라며 가만히 있어도 상황이 해결되겠지. 하지만 그럴 생각은 없다.

이 재수없는 살인마 녀석의 표현을 빌리자면, '박살난' 이들은 도시의 어둠을 활용할 수 있다. 이 녀석처럼 살인 후 시체를 숨겨 증거를 인멸한 후에나 발견되도록 만든다든가, 지금의 상은이처럼 빛을 지우고 모습을 숨긴 후 '삼키려' 들 수도 있겠지.

그런 짓은 못한다. 난 그저 소매치기일 뿐이다. 도구는 빼앗겼지만 내 손에는 다른 물건이 있었다. 놈이 들었던 배트.

나는 몸에 남은 힘을 끌어모아 배트를 거꾸로 쥐고 놈의 배에 꽂아 넣었다.

"커헉⋯!"

놈이 신음을 토하며 허리를 숙인다. 그 순간, 상은이의 목소리가 들렸다.

"잘했어."

발밑에서 어둠이 솟구쳐 나를 밀어내는 동시에, 수십 개의 손처럼 살인마의 몸에 엉겨붙는다. 순식간에 놈의 몸이 바닥 아래로 반쯤 잠겨든다.

"으, 으악!"

"죽어."

"그만둬! 그만두라고! 이, 이런 짓까지 하면 너도 너로 남을 수가 없어! 알고는 있냐!"

"상관없어. 먹혀버려."

"그만! 그만해! 사, 살려⋯!"

제대로 된 단말마도 없이, 놈이 가라앉는다.

나는 주저앉은 채로 눈앞에서 어둠이 살인마를 삼키는 모습을 바라보았다. 귀에는 속삭임처럼 상은이의 웃음소리가 들려온다.

놈이 삼켜진 후, 안개가 개듯 어둠이 흩어졌다. 가로등 불빛이 한층 밝다. 방 한가운데에는 상은이가 있다. 살인마의 방은 들어올 때와 달리 여느 자취방처럼 평범해 보였지만 상은이는 아니었다. 방금 전 느꼈던 위화감을 여전히 몸에 두른 채 주저앉은 나를 부축해 품에 안는 상은이의 얼굴은, 그래도 아까처럼 두렵지는 않았다.

"괜찮아?"

"머리가 아프긴 한데… 나쁘진 않아. 근데 너… 좀 낯설다?"

"미안."

"또, 또 그런다…. 근데 뭘 어쩐 거야? 너도 나랑… 비슷한 줄은 알았는데, 초능력이 따로… 없네."

"해볼까 했더니 되더라. 조심했어야 되는데 생각보다 너무 셌어. 미안."

"또 미안하대. 나쁜… 버릇이야."

"알았어, 안 그럴게."

"난 바보같이 착각이나 하고…. 왜 얘기… 안 해줬어? 알았으면서."

"용기가 안 났거든."

"피장파장이네."

후회하긴 싫다. 하지만 우리는 서로를 알아보고도 이야기 하지 못했다. 좀더 솔직했다면, 조금은 다르게 끝맺을 수 있었을까.

말은 안 해도 어떻게 될지 안다. 이미 상은이의 얼굴은 밝아진 실내에도 불구하고 그림자가 진 듯 잘 보이지 않는다. 어쩔 수 없는 선택이었으리라.

"죽인다 죽인다 하더니 정말 죽였네."

상은이 고개를 끄덕한다. 나는 배트 살인마의 말을 듣고 떠올린 사실에 대해 물었다.

"처음 아니지? 그 왜, 연쇄실종…."

"맞아."

웃음에 처연함이 얽힌다. 돌아갈 곳 없는 이의 웃음이다.

"아무나 건드리진 않았어."

"알아. 완전 히어로네."

"그러지 마. 간지러워."

평소처럼 함께 웃는다. 영원히 이 순간에 머물 수 있다면 얼마나 좋을까. 더도 덜도 없이, 그저 지금처럼.

"어느샌가 구멍이 커졌는데, 아무렇게나 채워 넣기는 싫었어."

"한동안 멈췄던 건 지금 이거 때문이야?"

"그렇기도 하고, 뉴스 때문에 불안해졌거든. 그 녀석이랑 비슷하지?"

"너답다."

말은 쉽지만 참기 힘들었을 것이다. 위태롭게 버티는 와중에, 언제 친구를 해칠지 알 수 없는 녀석을 발견했을 것이다. 자신과 많이 닮았고 그래서 더 참기 힘든, 부서지고 부서져 더이상 인간이 아닌 무언가를.

일 없이 편의점을 드나들고 교복을 입은 채 담배를 달라고 하며 상은이는 많은 것을 시도했으리라. 상대방을 탐색하고, 자신을 드러내어 경고했을지도 모른다. 그리고 어느 틈엔가 그 정도로는 녀석을 멈출 수 없으리란 사실을 깨달았을 것이다.

아무것도 모른 채 놈을 미행하자고 말하는 내가 당혹스럽지 않았을까. 묻지는 않았지만 대답은 알 것 같았다. 나 역시, 상은이와 함께한 그 시간이 즐거웠기 때문이다.

"진작 말렸어야 했는데."

"괜찮아. 재밌었잖아."

"그치?"

"처음 해본 건 아니지?"

"너처럼 잘하진 못했어. 길게 할 필요도 없었고."

우리는 다시 웃었다. 할 이야기가 아직 많은데, 시간은 점점 스러져간다.

상은이가 말했다.

"난 부서졌어."

"알아."

"잘 지내. 그리고 되도록 월영시를 떠났으면 좋겠어. 너도 알겠지만, 여긴….."

"안 가. 아니, 못 가."

"뭐?"

"이제 제대로 보이거든. 네가 잃어버린 부분."

피에 젖은 손을 들어 상은이를 어루만진다. 손끝에 묻어나는 슬픔 사이로 약한 떨림이 느껴진다.

내가 더 빨리 부서졌다면, 오늘이 오기 전 너의 상실을 알았을까. 홀로 공허를 채우려 애쓰던 시간을 함께할 수 있었을까.

"늦어서 미안."

상은이가 눈을 크게 뜬다. 이제는 얼굴이 거의 보이지 않아 눈만 내놓은 복면을 쓴 것처럼 보인다. 내가 큭, 하고 웃자 상은이가 눈물을 흘리며 말한다.

"미안하다는 소리 하지 말래놓고."

"우리, 아직 눈물은 나오네."

"그러게."

"나, 질투해서 따라왔는지도 몰라. 그 자식 말마따나 헛다리였지만."

"어….."

더 망설이긴 싫다. 머리가 아프겠지만 어쩔 수 없지. 지금이 아니면 힘들 테니까.

고개를 들어 입을 맞춘다. 맞댄 입술 너머로 상은이의 몸이 굳는 감각이 느껴진다. 잠시나마 인간이다. 우리 둘 모두.

입을 떼자, 황홀감과 현기증이 같이 찾아온다.

"미진아."

"시끄러. 암말 하지 마."

상은이의 눈은 아직 잘 보인다. 그 눈동자에 비친 내 얼굴도.

"부끄러우니까."

상은이는 나를 바라보다 끌어안았다. 이제 우리를 거의 다 먹어 삼킨 어둠이 포근하게 느껴진다.

"너만큼은 돌아갔음 했는데."

"솔직히 좋잖아."

"그래도."

다시 입을 맞춘다. 시간이 되었다.

아쉬워하지 말자. 그저, 도시의 일부가 된 이후에도 우리가 우리이며 함께한다는 사실을 자각하길 바랄 뿐이다.

"피곤해."

"나도⋯. 좀 잘까?"

"그래, 그러자."

눈을 감는다. 어두워져가는 몸에 깜박이던 이성의 불빛이 꺼져간다. 그럼에도 날 감싸 안은 상은이의 체온은 선명하다.

부디, 우리가 이 순간을 잊지 않기를.

회화목 우는 집

배명은

"전우의 시체를 넘고 넘어, 앞으로 앞으로⋯."

열어놓은 창문에서 아이들의 웃음소리와 함께 노래가 들렸다. 서늘한 바람마저 불어 구석에서 잠을 자던 호영이 몸을 뒤척였다. 잠결에 요즘도 저런 노래를 부르고 노나 싶었지만, 금방 생각을 지웠다. 아직 잠에서 깨어나고 싶지 않았다.

바람이 휘몰아치자 탁탁, 화장실에서 소리가 났다. 보지 않아도 요 며칠 들리는 그 소리가 머릿속에 그려졌다. 옆집 회화목의 머리채가 바람에 흩날리면 이쪽으로 길게 뻗은 나뭇가지가 화장실의 유리벽을 연방 두드린다. 탁탁. 돌풍이 불었다. 열린 창문이 파르르 흔들린다.

"꺄아악."

아이들이 일제히 비명을 내지르며 골목길을 내달렸다. 테이블 위에 올려놓은 책이 날개를 펄럭거리고 어지러이 놓인 메모지가 바람에 날렸다.

"에잇."

호영은 단잠을 깨우는 요란한 소리에 베개 대용으로 썼던 패딩조끼를 얼굴에 뒤집어썼다. 곧 자물쇠가 돌아가며 문이 열렸다.

"어휴, 추워. 뭔 놈의 바람이 이렇게 불어?"

바스락거리는 비닐봉지를 테이블 위에 올려놓으며 화숙이 한숨을 쉬었다.

"너 또 여기서 잔 거야?"

의자를 길게 이어 붙여 그 위에 누웠던 호영은 그녀에게서 몸을 돌렸다. 패딩을 더 꾹 누른다.

"아무리 새벽까지 장사한다지만, 귀찮다고 집에 안 간 게 벌써 며칠째야? 그리고 매일 그렇게 술 마시고, 이런 데서 자고. 너 병 걸려, 인마!"

끊이지 않는 잔소리가 눌린 패딩을 넘어 귓가에서 웅웅거렸다.

"다 먹고살자고 이 장사하는 거지. 건강하게!"

"건강하게 잠 좀 더 자자."

"곧 문 열 시간이야. 어서 일어나서 씻어!"

"잔소리는….'"

얼마 전부터 호영은 화숙과 함께 월영시의 명일대학교 근처에서 선술집을 시작했다. 처음엔 터미널과 백화점 사이 먹자골목에 차리려고 했지만, 재개발 여파로 가겟세는 비싸지고 문을 닫는 곳이 많아지며 그곳을 찾는 손님들의 발길이 뜸해졌다. 그래서 대학생을 겨냥하여 명일대학교와 하숙촌 사이 허름한 2층 건물을 매입했다. 부동산업자는 시세보다 무척 싸게 나온 이 건물을 사는 건 횡재하는 거라고 말했다. 곧 이곳도 땅값이 오를 거라는 이유였다. 호영과 화숙은 횡재라는 그 말에 공감했다. 땅값이 오르는 건 둘째 치더라도, 호영과 화숙이 15년간 대기업에서 일하며 모아둔 돈과 퇴직금 그리고 그들의 부모님이 보태준 돈으로 겨우 살 수 있는 건물이었다.

대출을 받아 내부 인테리어에 돈을 좀 써서 요즘 유행하는

힙함을 추구했다. 퓨전요리와 다양한 종류의 술을 갖춰 특별함을 살린 가게는 시작한 지 얼마 되지 않아 아직은 손님이 많다 적다 할 정도는 아니었다. 호영은 영업시간이 끝나면 가게에 남았다. 어떻게 해야 손님들의 관심을 잡을지 고민을 하다보니 이렇게 가게서 잠이 드는 것이다. 그런 것도 모르고 잔소리는.

호영은 힘겹게 일어나서 패딩을 껴입었다. 잘 떠지지 않는 눈을 비비며 주위를 둘러봤다. 지인에게 직접 주문해 공방에서 만든 원목 테이블과 의자, 그리고 화숙의 취향을 탄 인테리어가 어둠 속에 자리했다. 창밖은 우중충해서 금방이라도 비가 쏟아질 것 같았다.

"오늘 비 온댔어?"

주방 불을 켜는 화숙에게 묻는다.

"태풍 온대."

"여름이 지난 지가 언제라고?"

"원래 가을 태풍이 더 무서운 거야."

그런가? 고개를 갸웃거리며 화장실로 가서 문을 닫았다.

호영은 작년 가을을 떠올려본다. 작년에 자신이 살았었나 싶게 아무 생각도 나지 않았다. 뭐 회사에서 일하고 있었겠지. 늘 그렇듯 쳇바퀴 도는 평범한 일상. 참 알맞은 비유였다. 작년까지의 자신은 죽었다. 올해 퇴사를 한 순간부터 자신은 다시 태어나 제2의 인생을…. 딸깍하고 문 열리는 소리가 들리고 화숙이가 화장실에 들어왔다.

"야이씨, 사람 있는데 막 들어오냐?"

칫솔을 입에 넣던 호영은 짜증을 냈다. 품에 수건과 샴푸며 바디워시를 들고 있는 그녀가 인상을 찌푸렸다. 그리고 세면대 너머 통유리를 가리켰다.

"남부끄러운 걸 아는 애가 화장실 벽을 유리로 만들어?"

인테리어를 할 당시 호영은 이 유리벽 때문에 화숙이와 많이 싸웠다.

"밖에선 안 보인단 말이야!"

호영은 확 트인 경관을 가리켰다. 옆집과 낮은 집들의 지붕들 너머로 가을빛으로 물든 명신산과 명일대학교 건물이 보였다. 거사를 치를 때 가만히 앉아 밖을 보면 기분이 얼마나 좋은지 그녀는 이해해주지 않았다.

"자고로 화장실은 은밀해야 한다고. 아무리 밖에서는 보이지 않는다지만 기분이 그렇잖아! 기분이! 게다가 저 집!"

화숙은 호영이 했던 행동을 따라 바로 옆집인 폐가를 가리

컸다. 언제 지어졌는지 감도 못 잡을 단층집은 지금 당장 무너져도 전혀 이상하지 않을 정도로 무척 낡았다. 회칠한 벽마다 거미줄처럼 금이 갔고, 지붕을 지탱하는 기둥은 삭아 있어 언제고 부러질 것 같았다. 가장 이상한 건, 삐뚤빼뚤한 콘크리트 담 너머로 오래된 집을 둘러싼 집들이었다. 집들은 약속이나 한 듯 오래된 집에서 돌아서거나 옆을 보고 섰다. 이 건물에서도 그 집의 옆면만 보였다.

"저런 기분 나쁜 흉가를 훤히 보이게 하다니, 제정신이 아니잖아."

"말이 심하잖아. 좋아하는 손님들도 있다고. 그리고 쾌변하는 것처럼…."

"그리고 이거 어쩔 건데?"

변명 조가 되어버린 호영의 말을 싹둑 자르고 이번엔 창문 밖 거무죽죽한 나뭇가지를 가리켰다. 폐가 주위의 말라비틀어진 수풀이 바람에 몸을 눕히자 기괴하게 뒤틀린 회화목의 굵은 나뭇가지가 탁탁, 유리를 두드렸다. 인테리어 시공을 했을 때까진 이렇지 않았다. 원래 이 나무의 생장 속도가 이런 건지 모르겠지만, 갑자기 자라난 것 같은 기분이 들어 오싹했다. 거기에….

"봐봐. 생긴 것도 꼭 사람이 몸부림치는 것 같지 않아? 기분 나쁘고 무섭다고. 게다가 오늘내일 비바람이 심하게 몰아친다는데 유리라도 깨지면 어쩔 거야?"

S자로 휜 굵은 나무기둥 좌우로 뻗은 나뭇가지들이 미리저리 하늘로 뻗거나 꺾여 있는 모습이 그녀의 말처럼 사람이 몸부림치는 것 같았다.

"확실히, 기분 나쁘긴 해. 저건 내가 알아서 할게."

고개를 끄떡이며 인정하자 더 할 말을 찾던 그녀는 그냥 입을 다물고 한숨을 내쉬었다.

호영은 낡아서 금이 잔뜩 간 담벼락에 사다리를 세웠다. 사다리 사용에 익숙하지 않아 불안해서 몇 번 위치를 잡은 뒤에 그 위로 올라갔다. 눈앞을 가리는 머리카락을 귀 뒤로 꽂으며 굵은 가지를 봤다. 사방에서 부는 바람에 단풍이 드는 나뭇잎이 사정없이 흔들렸다. 가까이에 있으니 그 소리가 더욱 컸다.

대충 눈으로 훑은 호영은 사다리에서 내려와 전기톱의 손잡이를 잡았다. 미니 전기톱이라 가볍고, 비전문가도 편하게 사용이 가능했다. 나오기 전에 먼저 부동산 사장에게 전화했다. 사정을 말하며 옆집 주인의 연락처를 물으니 그 정도면 잘라도 된다고 했다. 허락도 받았겠다, 바짝 잘라서 다시는 담을 넘지 못하게 해야지. 호영은 다시 사다리 위로 올라갔다. 한 손으론 담벼락을 꼭 붙들고 전기톱의 버튼을 눌렀다.

위이잉. 요란한 엔진소리와 함께 톱날이 돌아갔다.

뻗어 있는 나뭇가지를 몇 번에 걸쳐 잘라냈다. 담 안으로 떨어진 나무토막들이 제멋대로 굴러 흩어졌다. 몇 번 자르니 제법 익숙해져서 담 위로 올라가 자를 정도로 간이 세졌다. 이제 됐다 싶을 때 나무 위쪽에서 보지 못했던 낡은 밧줄을 발견했다. 뭔가를 묶을 때 썼는지 한쪽 끝은 끊어졌지만, 다른 한쪽은 여전히 나무에 친친 감겨 있다. 밧줄을 풀 수 있을까 싶어 손을 갖다 대자 나무가 흔들렸다. 웅웅 소리가 크게 났다.

풀리지 않는 밧줄의 매듭을 몇 번 만지자 표면에 거스러미가 일었다. 문득 기분이 나빠졌다. 밧줄을 그대로 두고 전기톱의 버튼을 눌렀다. 위이잉. 돌아가는 톱날로 밧줄 너머 굵은 가지를 잘랐다. 나무의 파편이 사방으로 흩날렸다. 몇 번의 시도에 가지가 꺾였다. 톱을 끄고 발로 그것을 밟아 비틀었다. 채 잘리지 않은 나뭇가지들이 서로를 붙들다가 급작스럽게 떨어졌다. 돌풍이 불어닥쳤다.

"어?"

균형을 잡기도 전에 몸이 기우뚱했다. 다급히 뭔가를 잡으려고 손을 놀렸지만, 나뭇가지는 이미 바닥에 떨어졌다. 아찔한 느낌과 동시에 하늘과 땅이 뒤엎어졌다. 땅바닥에 등을 부딪친 호영의 몸이 나무토막처럼 제멋대로 굴렀다. 턱하고 숨이 막혔다. 눈앞이 까마득해서 눈을 질끈 감았다. 밭은 숨을 토해내며 몸을 웅크렸다. 온몸에 고통이 일었다.

"꺄아아!"

멀리서 아이들의 비명이 들렸다.

휘이잉. 바람이 불었다. 고통이 수그러지자 그제야 눈을 떴다. 잿빛 하늘 아래 회화목이 머리채를 흔들고 있다. 고개를 돌렸다. 힘없이 감기는 눈에 다시 힘을 준다. 눈앞을 가린 말라비틀어진 수풀, 그 위로 우뚝 솟은 오래된 집이 보였다.

바람이 낡은 집을 할퀴자 벽에서 떨어져나온 석횟가루가 날렸다. 눅눅하고 텁텁한 폐가의 냄새를 맡으며 호영은 힘겹게 몸을 일으켰다. 묵직한 둔통에 신음이 절로 나왔다. 몸을 살폈다. 어디 크게 다치진 않았지만, 통증으로 보아 내일이면 여기저기에 멍이 들고 근육통으로 고생하겠다는 확신이 들었다. 일어서서 몸을 움직이자 떨어질 때 발목을 접질렸는지 시큰거렸다. 옆집으로 떨어지다니.

가까이서 본 집은 화장실에서 내려다볼 때와는 다른 느낌이었다. 더욱 크고 더 음침했다. 단순히 집일 뿐인데 왜인지 모를 반감이 들었다.

'신경쓰지 말자.'

호영은 담을 봤다. 그의 키만 한 담은 그냥 넘기에는 높았고 다친 다리로는 무리였다.

"화숙아!"

2층 건물을 향해 소리를 쳤다. 답은 없었다.

"저기요! 누구 없어요?"

고래고래 소리쳐보지만 맹렬한 바람소리에 목소리가 먹혔다. 이럴 줄 알았으면 핸드폰이라도 들고나오는 건데.

호영은 욱신대는 어깨를 붙잡은 채 집 주위를 돌았다. 콘크리트 담은 뒤틀리고 금이 갔어도 제 역할을 다했다. 어디 한군데 쉽게 오를 만한 곳은 보이지 않았다. 집 뒤쪽으로 가서 보니 삐죽삐죽 솟아오른 측백나무들이 맞은편 집들의 시야를 가로막았다. 측백나무가 끝나는 모퉁이를 돌자 담 위로 돌아선 옆집이 보였다. 회색빛 벽에 유일한 작은 창이 이쪽으로 향했으나 굳게 닫혀 있었다.

그렇게 집을 돌며 빠져나갈 구멍을 찾던 호영은 걸음을 멈췄다. 이상했다. 둘러친 담벼락에 밖으로 나가는 문이 없었다. 옷을 치대는 바람이 무척 차다. 침을 꿀꺽 삼키며 뻣뻣하게 굳은 고개를 돌려 이제는 흉물스러운 집을 봤다. 시선을 떼지 않으며 다시 천천히 집을 한 바퀴 돌았다.

금이 가고 오래된 거미줄이 일렁이는 회벽을 한 면, 한 면 따라간다. 깨어져 바닥에 눌어붙은 변색한 석회를 지나치며 빠짐없이 벽을 훑었다. 그렇게 다시 제자리에 이를 때쯤 다리 통증이 전혀 느껴지지 않았다. 대신 소름이 돋는다.

집에도 문은 없다.

"화숙아!"

호영은 자신이 떨어졌던 곳으로 가 소리를 질렀다. 어느새 어두워진 하늘을 보며 발을 동동 굴렀다. 담 너머에 가로등

이 켜지자 그가 선 곳은 더욱더 어두웠다. 시간이 지나면 오지 않는 그를 찾아 그녀가 오겠지만, 호영은 한시도 이곳에 있고 싶지 않았다.

"신화숙!"

바람이 세차게 불었다. 그 소리를 이겨보려고 목청을 높였다.

"신화숙!!"

목소리가 갈라졌다. 답이 없자 안절부절못하던 그는 담 사이로 비쳐드는 가로등 불빛을 발견했다. 눈을 갖다 대자 이마에 와닿는 거친 벽이 무척 차가웠다. 좁은 틈으로 몇 걸음 떨어진 가게 건물과 텅 빈 골목이 보였다.

"누구 없어요?"

누구라도 지나가길 바라며 소리를 질렀다.

얼마나 지났을까. 주황빛 가로등 불이 파르르 떨리더니 깜박거렸다. 끼익끼익, 골목 저편에서 녹슨 철제가 맞물리는 소리가 들려왔다. 소리는 점점 커졌고, 곧 반복되는 어둠과 빛 속에서 한 노인이 나타났다. 잡다한 짐이 잔뜩 쌓인 리어카를 끄는 그 걸음이 무척 느렸다. 녹슨 바퀴가 천천히 구를 때마다 쇳소리가 났다. 끼익끼익.

괴이한 미스터리

호영은 반가운 마음에 목소리를 높였다. 보일 리 없겠지만, 손까지 흔들었다.

"여기요! 할아버지! 할아버지!"

이 거리라면 아무리 바람이 불어도 그의 목소리가 들릴 터였다.

"할아버지! 여길 보세요. 저 좀, 저 좀 살려주세요!"

애원 섞인 말로 호영은 고래고래 소리를 질렀다. 그러나 노인은 돌아보지 않았다. 천천히 구르는 녹슨 바퀴가 건물 뒤로 사라졌다. 끼익끼익, 소리가 점점 사라진다. 깜박거리던 불빛이 언제 그랬냐는 듯 멈추어 불을 밝혔다. 호영은 믿어지지 않아 눈을 굴려 건물 너머를 보려고 했다.

'정말 그냥 갔다고?'

안 들렸을 리가 없다. 리어카의 녹슨 바퀴가 구를 때마다 나는 소리도 생생하게 들렸는데! 그러다 노인이 보청기를 낄 정도로 귀가 들리지 않는다면 그럴 수도 있다는 생각에 이르렀다. 낙담한 호영이 애꿎은 벽을 때렸다.

드르륵, 탁!

갑자기 뒤에서 창문이 닫히는 소리가 들렸다.

반사적으로 뒤를 돌아본 호영의 얼굴에 두려움이 떠올랐

다. 창문도 없는, 오로지 사면이 벽인 집에서 나는 소리가 아니라고 스스로 되뇌어도 떨리는 몸을 주체할 수 없었다. 그는 어둠이 자리한 집을 뚫어지게 봤다. 그 집에서 금방이라도 뭔가가 튀어나올 것 같았다. 어둠 위로 더욱더 짙은 어둠이 드러나지 않을까 불안해하는 호영의 눈에 맞은편 집의 창문이 보였다. 아까 봤던 나무틀로 된 작은 창문이었다. 어느새 불이 켜진 그곳에서 검은 그림자가 일렁거리다가 사라졌다.

간밤에 내린 비는 오후가 되어서야 그쳤다.

화숙은 출근 전, 근처 마트에서 부족한 재료를 샀다. 묵직한 시장가방을 들고 골목길을 걷는다. 어제오늘 바람이 불어 잡다한 쓰레기와 나뭇잎으로 골목은 지저분했다. 그녀는 우중충한 하늘을 올려다봤다. 비가 그쳐 다행이라지만, 구름이 잿빛인 걸 보니 언제 다시 내릴지 몰랐다. 빗물이 고인 웅덩이를 피하며 혀를 찼다. 가뜩이나 손님도 없는데, 비까지 오면 더 없을 터였다.

게다가 호영이는 어제 나뭇가지를 자르다가 옆집에 떨어져서 잠시 고립되는 바람에 살짝 제정신이 아니었다. 화숙의 도움으로 담을 넘은 그는 잔뜩 겁에 질린 채로 그 집과 담에 문이 없다며 울먹였다. 이상하긴 했지만, 그녀로선 그게 뭐가 무서운지 도통 이해가 가지 않았다. 그저 춥고 아프고 나올 수 없다는 데에 놀라서 저러나 싶었을 뿐이었다. 그렇게 그는 무섭다며 아픈 다리로 그녀를 졸졸 쫓아다니다가 일에 방해가 되니 차라리 집에나 가라는 그녀의 구박에 가기 싫어하던 집으로 돌아갔다.

'그러게 화장실 벽을 유리로 해서 무슨 개고생이야.'

한숨을 쉬며 그녀는 주머니에서 휴대폰을 꺼냈다.

"얘는 병원에 들렀나?"

호영의 전화번호를 누르면서 이번엔 큰 웅덩이를 뛰어넘는다. 앞을 제대로 보지 않아 빗물에 불어터진 휴지를 밟았다. 물컹한 느낌에 화숙은 미간을 찌푸렸다.

"에이씨."

휴대폰을 주머니에 넣고 운동화코를 바닥에 두드려 곤죽이 된 휴지를 털어냈다. 진득한 휴지는 운동화바닥에서 좀처럼 떨어지지 않았다.

탁탁, 데구루루.

인적 없는 좁은 길에서 이상한 소리가 났다. 딱딱하고 묵직한 뭔가가 바닥에 구르다가 부딪히는 소리였다. 소리가 울려 뒤에서 나는가 싶다가도 가만히 들어보면 앞에서 나는 것 같았다.

탁탁, 데구루루.

계속 이어지는 소리가 신경쓰였다. 호기심에 걸음을 빨리 한다. 그러나 그만큼 소리는 더 앞섰다. 빠르게 걷던 그녀의 발이 멈췄다. 천천히 이어지던 소리가 일순 멈춘 것이다. 가만히 귀를 기울였다. 아직 태풍이 끝나지 않았다는 듯 간헐적으로 매섭게 부는 바람과 어딘가에서 펄럭이는 깃발소리가 난다. 사라졌나?

그때,

"꺄아아!"

갑자기 아이의 비명과 함께 작은 발이 내달리는 소리가 났다.

탁탁, 데구루루. 탁탁, 데구루루.

그 아이를 따라가는 듯 그 소리 또한 빨라졌다. 놀란 화숙은 달렸다. 자세히 모르겠지만, 아이가 위험했다. 골목의 모퉁이를 휘돌자 텅 빈 골목이 나왔다. 아이는 보이지 않았다. 저기 너머인가? 재빠르게 달려 휘어진 길을 따라가도 소리만 들릴 뿐이었다. 넓어지고 좁아지는 길을 따라 계속 뛰었다. 똑같아 보이는 집들을 지나쳤다. 탁탁, 데구루루. 탁탁, 데구루루. 골목길은 길어지고 짧아지며 끝없이 이어진다. 숨이 찼다. 빨리 달려도 그 소리를 따라잡을 수가 없었다. 어디에 있는 거야? 그만둬. 아이를 괴롭히지 마.

다시 화숙은 모퉁이를 돌았다. 영원히 이어질 것만 같던 회색빛 골목길에서 검은 그림자가 튀어나왔다.

호영은 가게로 향하는 골목길에 들어섰다. 발걸음을 옮기는 게 평소보다 부자연스럽다. 전날 담에서 떨어진 후유증이 만만치 않았다. 움직일 때마다 근육통으로 온몸이 욱신거리고 발목도 견딜 수 없이 아파 한의원에 들렀다 오는 길이다. 침을 맞고 찜질을 한 뒤에 파스까지 붙여서 좀 살겠다 싶었지만, 가게까지 걸어오는 길이 무척 힘들었다. 절뚝이며 몇 분을 걸으니 등에선 땀이 흘렀다. 간간이 습기가 실린 바람이 불어왔다. 하늘엔 회백색의 구름이 내려앉았고 금방이라도 비가 쏟아질 것 같았다.

"망할."

이게 다 비 때문이었다. 가을장마가 시작되지 않았더라면 옆집의 회화목을 신경이나 썼겠느냐 말이다. 나무를 자른다고 설치다가 옆집에 떨어지지도 않았을 테고, 그곳에서 알 수 없는 두려움을 느낄 필요도 없었을 것이다. 딱히 뭘 본 것도 아닌데 괜히 겁을 먹어서는. 떨어진 충격 때문이라고 변명해본다. 문이 없어 갇혔다는 생각도 한몫했다. 아무도 없는 그곳에서 홀로. 그 순간을 떠올리자 호영은 몸서리가 쳐졌다.

가게에 가까워졌을 때 건물 옆에 서 있는 여자를 발견했다. 그녀는 옆집과 이어진 담에 서서 팔 하나가 잘린 회화목을 올려다봤다. 하나로 묶은 잿빛 머리에 푸른 멍처럼 남아 있는 눈썹 문신, 뭉툭한 코밑으로 옅은 분홍색 립스틱을 바른 얼굴이 인기척에 호영에게로 향했다. 작은 눈이 그의 위아래를 훑었다. 꺼림칙한 눈초리에 호영은 인상을 찌푸렸다. 그냥 지나가는 사람은 아닌 것 같았다.

"무슨 용건이라도 있으십니까?"

여자가 입을 열다가 잠시 멈칫거리더니 다물었다. 그리고 보이지 않는 담 너머에 시선을 두었다. 그 시선을 쫓던 그를 두고 여자는 돌아섰다.

괴이한 미스터리

"이 건물 사람인가?"

"네? 그런데요?"

"하늘과 바람이 심상치 않아서 그러니 몸조심하시게."

뜬금없는 여자의 말에 호영은 인상을 찌푸렸다.

"그게 무슨 말입니까?"

"불길한 기운이 가득해. 무슨 일인가 싶은데 도통 모르겠으니. 나무를 잘라서 그런가 싶기도 하고."

웅얼거리며 여자는 뒷짐을 진 채 걷기 시작했다. 안 좋은 말에 기분이 나빠졌다. 호영은 그 뒤를 쫓으며 대들었다.

"그게 대체 무슨 말이냐니까요!"

"그놈이 오려나. 에이, 설마."

여자는 중얼거렸다. 호영에게 하는 말이 아닌 자기 자신한테 하는 말 같았다. 그때 맞은편에서 이 동네의 통장이 오다가 여자와 호영을 보고 반갑게 인사를 했다.

"아이고, 안녕하십니까."

"어어, 반갑습니다."

통장의 등장에 여자는 눈에 띄게 당황하더니 그를 지나쳐 허둥지둥 오른쪽 골목으로 재게 걸었다. 여자의 뒷모습이 사라지자 호영은 찝찝함에 애꿎은 머리만 벅벅 긁었다.

"뭐가 저리 바쁘셔서 인사도 대충 하고 가시나."

"저분 누구십니까?"

"누구? 아 저 골목길로 쭉 가다보면 그 길 끝에 점집이 나오는데 거기 주인. 옛날엔 꽤 유명한 무당이었는데 지금은 좀 꺾였다고나 할까. 딱 보기에도 무당처럼 생겼잖아. 왜? 젊은 사장한테 무슨 말이라도 했어?"

"하늘이 어쩌고 하면서 기분이 나쁘다고, 불길하니 조심하라고요."

나무를 자른 것도 알고 있었다. 그리고 그놈이 온다고 했다. 불쾌한 표정이 드러났는지 통장이 허허허 웃었다.

"그래서였구먼."

"네?"

"무당이 하는 말이 다 그런 말들이지. 그렇게 말해서 자네한테 부적이라도 팔려고 했구먼. 근데 내가 오니 저렇게 꽁지 빠지게 도망친 거고. 젊은 사람이 사장이고 순하게 생기기도 했으니 뻔한 수작을 부린 거지. 나 아니었으면 낚일 뻔했어."

실실 웃던 통장이 호영의 어깨를 두드렸다. 그 말이 꽤 그럴듯했다. 호영은 얼굴을 만져봤다.

'내 얼굴이 그렇게 호구 같은가.'

보자마자 자신을 위아래로 훑던 여자의 모습이 떠올랐다.

"근데 자네 어디 다쳤나? 걸음걸이가 시원치 않구먼."

"아. 다쳤어요. 글쎄 어제 나무 자르다가 옆집에…."

호영이 어제 있었던 일을 통장에게 설명하려고 하는데 골목 저편에서 뜀박질하는 소리가 들렸다. 점점 커지는 소리에 그쪽을 보자 검은 형체가 튀어나왔다.

"으앗!"

산발한 머리에 턱끝까지 차오른 숨을 몰아쉬는 여자를 보자 호영이 소리를 질렀다. 몇 초 뒤 그 여자가 화숙이라는 걸 확인한 호영은 안도의 한숨을 내쉬었다.

"뭐야, 너. 그 꼴은 뭐고. 왜 뛰었어. 누가 쫓아와?"

화숙은 그제야 그곳이 가게 앞이라는 걸 깨달았다.

"아이…."

여전히 숨을 몰아쉬는 화숙이 입을 뗐다. 호영의 뒤로 골목길의 끄트머리를 본다. 그녀의 시선을 따라 호영도 뒤를 불안하게 쳐다봤다.

"왜, 왜 그래?"

"여기 어떤 아이랑 그 아이를 쫓는 누구 안 지나갔어?"

"아니, 안 지나갔는데."

호영은 불안한 얼굴로 통장을 봤다. 통장은 영문을 모르겠다는 표정을 지었다. 화숙은 골목 너머를 보다가 흐트러진 머리를 쓸어넘겼다.

잘못 들었나? 그사이 집으로 들어갔는데 자신이 보지 못한 것인가?

그녀는 이 모든 게 당황스럽고 얼떨떨했다.

화숙은 가게 불을 켜고 장 본 것을 테이블 위에 올려놨다. 정수기에서 물을 따라 한 컵 마신다. 시원한 물이 목으로 넘어가자 절로 한숨이 나왔다. 오랜만에 너무 뛰어서 그런지 다리가 후들거렸다. 뒤늦게 몸도 아픈 것 같았다. 의자를 찾아 앉는 그녀의 입에서 신음이 흘렀다. 잠시 후 호영이 가게로 들어와 테이블을 사이에 두고 그 앞에 마주 앉았다.

"왜 그래?"

"아무것도 아니야. 오랜만에 뛰어서 그래. 너 발은 좀 어때?"

"한의원에서 침 맞았어. 좀 시큰한 거 빼면 괜찮아."

"놀란 건?"

화숙의 질문에 호영은 옆집이 내려다보이는 창문을 봤다. 그리고 어깨를 으쓱였다.

"악몽 좀 꿨지만, 뭐…. 잘 생각해보니 내가 좀 오버한 것 같아."

그렇게 말하는 표정을 보니 어제보다 많이 나아진 것 같았다. 화숙은 물을 더 마셨다. 어느 정도 진정이 되자 방금 자신이 겪었던 일이 우스워졌다. 뭘 잘못 듣고 죽어라 달린 꼴이란. 테이블에 팔을 대고 고개를 괸 호영이 슬쩍 화숙의 눈치를 살폈다.

"왜?"

"내가 통장님한테 옆집에 관해서 물어봤거든."

"뭘?"

"이것저것. 왜 폐가인지, 왜 문이 하나도 없는지."

"그랬더니?"

"무서운 얘기를 해주더라고."

"무서워? 너 표정은 전혀 그렇지 않은데?"

"너무 말이 안 돼서 와닿지 않아."

화숙은 계속 말해보라고 눈짓을 했다. 이에 호영이 몸을 앞으로 숙여 그녀와 눈을 맞췄다. 목소리를 잔뜩 내리깐 그가 입을 열었다.

"통장님이 그러는데 몇십 년 전에 저 집에서 살던 가족이 아프거나 다치는 등 우환이 생기니까 이사를 가버렸대. 터가 안 좋아서 그렇다나? 집 밑으로 수맥이 흐르면 사람한테 무척 안 좋다네. 너도 알았어? 하여튼 그런 거라며 사람들이 수군거리니까 집주인은 말도 안 된다며 수맥 측정하는 사람 있잖아, 그 사람 불러서 측정한 거야. 결과를 보니 집주인 말처럼 집엔 수맥이 흐르지 않았대. 단순히 운이 나빴던 거지. 이후 다른 가족이 왔는데 이번엔 귀신이 나온다고 며칠 못 살고 나갔대. 집주인이 무슨 귀신이냐고 했지만, 그때부터 막 빈집에서 이상한 소리가 나고 그 주위에 살던 사람도 집에서 이상한 빛을 봤다는 등 소문이 안 좋게 나니까 무당한테 부탁해서 굿을 했다네. 그 무당이 이 집 귀신은 너무 세서 없앨 수는 없고, 다른 사람한테도 피해를 주니까 집밖으로 나오게 하면 안 된다고 문이란 문을 다 막았대."

"집주인은 그걸 믿고 이제까지 저대로 두고? 나 같으면 밀어버렸겠다."

"돈이 안 되니까 그냥 됐나봐. 그래도 이번에 재개발된다는 말에 누가 일찌감치 사버렸대."

"그게 뭐야."

"우리 어릴 때 하던 〈토요미스터리〉에서나 볼 법한 얘기들이지."

화숙은 투덜거리며 시계를 봤다. 곧 가게문 열 시간이었다. 그녀는 빈 컵을 들고 자리에서 일어나다가 기지개를 켜는 호영을 돌아봤다.

"근데 없애지 못할 만큼 센 귀신이 그깟 문을 막았다고 못나와?"

"영험한 부적을 썼나보지. 그래도 그 무당이 그땐 꽤 유명했대. 저쪽 골목으로 돌아가면 그 끝에 점집이 있는데 거기 사람이래. 지금은 아니지만. 아씨. 야, 내 얼굴이 호구 같아?"

"너만 모르는 사실이지."

투덜거리던 호영은 문득 어제 불 켜진 나무창을 떠올렸다. 이제까지 아무 생각이 없었지만, 통장이 말한 집이 바로 그곳이었다.

밤이 되자 빗방울이 창문을 때렸다. 최신 노래를 틀어놓았지만, 날씨 때문인지 신나지 않았다. 몇몇 테이블에 있던 손님들이 점점 거세지는 빗발에 자리를 떴다. 폐가가 보이는 창가에 앉아 있던 두 명의 여자 손님들도 자리에서 일어섰다.

"어? 고양이다."

"어디?"

둘은 폐가를 내려다봤다. 한 명이 가게 불빛이 비쳐 번들거리는 수풀을 지나쳐 빛이라곤 거의 없는 집 뒤쪽을 가리켰다.

"집 뒤로 사라졌어. 검고, 좀 크던데?"

"아휴, 비가 이렇게 오는데 다니니. 감기 걸릴 텐데."

다른 한 명이 고양이를 볼 수 있을까 싶어 고개를 더욱 길게 빼고 두리번거렸다. 눈을 가늘게 뜨고 측백나무와 집의 모퉁이 사이의 어둠을 본다. 순간 어둠 속에서 창백한 얼굴이 불쑥 튀어나왔다. 퀭한 두 눈이 여자를 올려다본다.

"꺅!"

비명을 내지르며 여자는 뒷걸음질쳤다.

"왜 그래?"

옆의 여자가 뒷걸음치는 여자를 붙들었다.

"저기에, 애가…."

달려가서 창밖을 보았지만, 비가 내리는 어둠만이 있다.

"아무것도 없는데."

"부, 분명히 있었단 말이야. 창백하고 두 눈은 퀭하고 입술은 시퍼렇고."

"너 취해서 그래. 주량 넘었어."

"아닌데…."

"무슨 일이세요?"

비명에 놀라 다가온 호영이 묻자 두 여자는 아무것도 아니라고 얼버무렸다. 그들이 마지막으로 나가자 가게는 금세 조용해졌다. 평소보다 어두운 실내에서 호영이 테이블 위의 빈 그릇들을 치웠다. 자정이 되는 시간이었고, 이렇게 비가 쏟아지니 손님들이 더는 올 것 같지 않았다.

"우리도 대충 정리하고 집에 가자."

"어?"

"뭐야, 너 또 안 가려고? 무서운 건 끝이야? 오늘은 덜 아픈가보지?"

"아무래도 사실을 알게 됐으니 더는 무섭지 않아서."

"네 마음대로 해라."

화숙은 한숨을 쉬었다. 잔소리하기도 귀찮았다. 행주를 널고 화장실로 갔다. 문을 잠그고 볼일을 보면서 창문 밖을 멍하니 바라본다. 유리를 적시는 빗물 사이로 가로등 불빛이 번졌다.

저 멀리 명일대학교를 보던 화숙의 눈이 화장실 벽에 비친 회화목 그림자로 옮겨갔다. 길게 늘어진 나뭇가지들이 비바람에 흔들렸다. 일렁이는 가지들 사이로 하나의 길고 굵은 그림자가 천천히 뻗어 나왔다. 마치 생장 속도가 빠르게 진행되는 나뭇가지 같았다. 그럴 리가 없기에 화숙은 물을 내린 뒤 바지춤을 추켜올리고 유리벽으로 다가갔다.

옆집으로 비가 쏟아지는 모습이 훤히 보였다. 고개를 오른쪽으로 돌려 커다란 회화목을 본다. 어제 호영이 유리를 두드리던 나뭇가지를 잘라서 그런지 분위기가 달랐다. 흔들리는 회화목 주위는 무척 어두웠다. 주의깊게 보지 않으면 어둠에 잠긴 회화목이 보이지 않을 정도로. 비가 와서 더 그런가?

화숙은 손을 씻고 화장실을 청소하기 시작했다. 물로 바닥 청소를 하고 쓰레기를 꺼내는데 벽에 진 회화목 그림자의 움직임이 이상했다. 힐긋거리니 검은 그림자 사이에서 원형의 그림자가 불쑥 떠올랐다. 놀란 화숙이 뒤를 돌아봤다.

괴이한 미스터리

유리벽 밖, 한 남자가 담 위에 선 채로 그녀를 바라보고 있다.

"으아악!"

화숙은 소리를 지르며 뒤로 나자빠졌다. 비에 젖은 잿빛 머리카락이 유리에 들러붙었고, 툭 튀어나온 두 눈이 뒤룩거리며 안을 기웃거렸다. 화숙과 눈이 마주치자 그녀를 향해 히죽이는 입술 사이로 누런 이가 드러났다. 남자가 천천히 팔을 들어 주먹으로 유리벽을 내리쳤다.

쿵, 쿵쿵. 유리벽이 묵직하게 울렸다.

"화숙아, 뭐야. 왜 그래?"

화장실의 손잡이가 돌아갔다. 굳게 잠긴 걸 확인한 호영이 문을 두드리며 화숙을 불렀다. 화숙은 그 소리에 기다시피 자리에서 일어나 화장실 손잡이를 돌렸다. 문이 열리지 않았다. 잔뜩 겁에 질린 그녀가 소리를 질렀다.

"호영아!"

"왜 그래? 문 좀 열어봐! 문이 안 열려!"

"호영아아!"

쿵, 쿵, 쿵쿵. 남자가 연신 주먹으로 유리벽을 내리쳤다. 금방이라도 유리를 깰 기세였다. 다급해진 그녀는 손잡이를 돌리다가 문을 두드렸다. 거친 숨을 내쉬며 뒤를 흘깃거렸다. 남자는 내리치는 손을 멈추더니 제 목으로 손을 갖다 댔다. 화숙은 그의 목에 감긴 두툼한 밧줄을 보았다. 그가 목의 밧줄을 더듬더니 뒤로 늘어진 밧줄을 천천히 잡아당겼다. 줄이 꽤 긴지 줄다리기를 하듯이 한 손씩 번갈아가며 줄을 당겨 올린다. 서서히 드러나는 검은 물체를 보고 화숙은 경악한다. 그 끝에 길고 두꺼운 나무토막이….

"호영아! 열어줘!"

화숙은 화장실 문을 거세게 두드렸다. 남자가 두 손으로 움켜쥔 나무토막으로 유리벽을 내리쳤다. 둔탁한 소리는 더욱더 크게 울렸다. 쿵, 쿵, 쿵. 빗방울이 사방으로 튀었다. 퍽! 유리에 균열이 갔다. 남자가 웃었다. 뒤로 젖힌 두 팔을 강하게 휘둘렀다. 나무가 균열을 뚫고 튀어나왔다.

"화숙아, 비켜!"

화숙의 비명과 안에서 들리는 소음에 몸으로 문을 밀던 호영이 발로 문을 찼다. 몇 번의 시도에 문이 부서졌다. 그가 안을 본 순간, 유리가 깨지고 밖에서 한 남자가 상체를 들이밀었다. 호영은 급히 화숙이를 붙잡아 자신 쪽으로 끌어당겼다. 화장실 안으로 들어온 남자가 그들을 향해 달려들었다.

탁탁, 데구루루. 탁탁, 데구루루.

끌리는 밧줄 끝에서 나무토막이 바닥에 튕기며 굴렀다. 그 소리에 화숙은 뒤를 돌아봤다. 저건 분명 골목에서 들었던 소리였다. 히익. 비명이 튀어나왔다.

호영은 화장실 옆에 있던 탁자를 쓰러트렸다. 그리고 주저 앉으려는 화숙을 부축하며 달렸다. 탁자를 뛰어넘은 남자가 바로 뒤에서 손을 뻗었다. 그때 남자의 목에 감긴 밧줄 끝에 매달렸던 나무토막이 탁자에 얽혀들었다. 팽팽히 당겨진 밧 줄이 남자의 목을 붙들었다. 남자는 멈춰서 목을 옥죄는 밧 줄을 힘껏 잡아당겼다. 밧줄은 빠지지도, 그렇다고 끊어지지 도 않았다. 그사이 호영과 화숙이 가게를 빠져나가자 그는 괴성을 내질렀다.

비가 내린 뒤 하늘은 가을답게 청명했지만, 꽤 쌀쌀한 바 람이 불었다.

호영은 굳게 닫힌 가게문을 보다가 돌아서서 골목길을 걷 기 시작했다. 오후의 햇살이 늘어지는 골목에 하나둘 나뭇잎 이 떨어졌다. 어디서 나무 태우는 냄새가 났다. 그는 자기 키보다 큰 담벼락을 따라 걷다가 갈림길에서 오른편으로 돌았다. 조금 더 걷자 맞은편에 집이 보였는데, 초록빛 대문 위로 '도깨비신당'이라는 빛바랜 간판이 걸려 있다. 그 옆 장대 위의 붉은색과 흰색의 깃발이 바람에 펄럭였다. 대문 앞에 잠시 선 호영은 주위를 둘러봤다. 고요했다. 이 골목엔 애초부터 사람이라고는 없었던 것처럼.

딩동. 초인종을 누르자 잠시 뒤 문이 열리고 며칠 전 가게 앞에서 본 여자가 나왔다. 그를 보자 푸릇한 눈썹이 위로 한껏 치켜 올라간다. 오물거리던 분홍 입술이 벌어졌다.

"무슨 일?"

"일전에 저한테 경고했던 말 기억하시나요?"

호영은 높다란 콘크리트 담벼락 너머 삐죽 보이는 자신의 가게를 가리켰다. 그 손을 따라간 무당의 시선이 다시 호영에게 돌아왔다.

"일단 들어오시게."

앞선 무당의 뒤를 따라 작은 마당을 지났다. 계단 몇 개를 올라간 호영은 그녀가 열어주는 새시문을 지나 집안으로 들어갔다. 짙은 향냄새가 났다. 거실의 낮은 천장테두리는 나무로 마감했고, 화초를 가꾼 화분이 벽을 따라 일렬로 놓였다. 오른편엔 부엌이 있었는데, 그 옆에 열린 작은 쪽문 너머 보일러실이 보였다. 호영은 보일러실을 기웃거렸다. 그곳엔 작은 나무틀로 된 창문이 있을 것이다.

"이쪽으로."

무당의 재촉에 그는 방으로 들어갔다. 붉은색으로 가득한 방엔 제사음식으로 가득한 제단과 그 뒤로 붉은 도깨비 그림이 붙어 있다. 중앙에 놓인 좌식책상에 여자가 앉았다. 여자의 맞은편에 앉은 호영은 쌀과 향이 놓인 책상 위를 훑었다. 부동산 로고가 새겨진 종이봉투에 시선이 머무르자 헛기침을 하며 무당은 그 봉투를 책상 아래로 내려놓았다.

"저번주에 큰일이 있었다는 건 알고 있네."

어떤 말을 해야 할지 몰라 우물쭈물하고 있을 때 무당이 먼저 말을 꺼냈다.

"꽤 요란했죠. 처음엔 웬 미친놈이 밤에 유리를 깬 줄 알고 도망쳐서 경찰을 불렀는데, 놈은 온데간데없이 사라졌더라고요. 가게 CCTV를 봤는데 놈이 안 찍힌 거예요. 분명 저랑 친구는 봤는데. 주변 CCTV에도 없대요. 찾아본다고는 하지만, 눈치가 안 믿는 눈치더라고요. 그저 돌풍에 나무토막이 날아들어 유리가 깨진 거라고."

호영은 어깨를 늘어뜨렸다. 그것 때문에 놀란 화숙은 병원에 입원했다. 자꾸 소리가 어쩌고 하는데 도통 그녀가 무슨 얘기를 하는지 몰랐다. 혼자서 가게에 있자니 무서웠다. 그렇다고 안 할 수도 없고.

"제가 친구랑 봤거든요. 그놈 목에 밧줄이 있는 거. 그래서 놈이 사람이 아니라면 귀신이란 소린데, 요즘 세상에 귀신이 어디 있어요. 그렇죠? 근데 옆집 폐가 말이에요. 제가 며칠 전에 나무 자르다가 거기로 떨어졌는데, 보니까 문이 하나도 없는 거예요. 집에도, 담에도. 통장님 말씀이 귀신이 나온다 해서 무당님이 막은 거라고. 그날 저한테도 나무를 잘라서 그렇다고 하셨잖아요. 그놈이 온다고도 하셨고요. 그래서 부적이라도 좋으니까, 도와주세요."

호영은 고개를 숙였다. 그를 가만히 보던 무당은 무릎에 두 손을 올려놓고 몸을 좌우로 흔들었다. 반쯤 내리뜬 눈으로 책상을 노려보던 그녀가 굳게 다문 입을 뗐다.

"내가 도깨비님의 힘으로 놈을 쫓으려고 했지만, 잘 안 되어 봉한 이유는 들었는가? 원귀놈이 집안 어딘가에 있는데 보이지 않더군. 그 말인즉슨, 집 자체가 그 원귀놈인 것 같았지. 그놈에 대해서 들었나?"

"아뇨."

"하긴 이 일대에선 거의 비밀인 이야기인데 통장도 모르겠군. 그 원귀놈은 살아생전 참으로 극악무도한 자였네. 그 집에 살면서 동네아이들을 하나하나 잡아다 죽여선 마당에 묻어놨거든. 경찰이 놈을 잡으려고 집으로 갔을 땐 이미 놈은 회화목에 목을 매달아 죽은 뒤였어."

호영은 퍼뜩 고개를 들었다. 회화목을 자를 때 보았던 밧줄이 떠올랐다. 그리고 남자의 목에 감겨 있던 밧줄.

"자네가 자른 그 나무! 그놈이 거기 있었구먼. 그런 놈을 자네가 풀어준 거야."

"그깟 나무 잘랐다고 제가 풀어준 거라고요?"

호영의 목소리가 떨렸다. 무당은 여전히 상체를 좌우로 움직였다.

"예부터 회화목은 귀신나무라고 불렸네. 귀신을 불러들인다는 말도 있고, 귀신을 막는다는 말도 있고. 그 말이 무엇이냐! 귀신을 불러들여 그 안에 가둔다는 말이야. 그걸 자네가 잘라 없앴으니, 자네가 풀어준 거지! 쯧쯧쯧. 이제부터 그놈이 온 사방을 헤집고 돌아다니겠군."

그 말에 호영의 얼굴이 파랗게 질렸다. 화장실 유리를 깨고 들어오던 남자를 떠올린다.

"그놈은 나도 어쩌지 못해. 부적이라고? 애먼 데 돈 쓸 생각 말아."

"그러면 어떻게 해요."

"어쩌긴! 도망쳐야지."

무당은 할말 다했다는 듯 뒤로 물러나 앉았다. 호영은 어깨를 움츠렸다. 그는 잠시 생각에 빠졌다가 자리에서 일어섰다. 처진 어깨로 방을 나가다가 집으로 들어오는 젊은 남자와 마주쳤다. 무당은 신발을 신는 호영의 어깨를 두드렸다.

"믿고 안 믿고는 자네 맘이지만, 내 충고 잊지 말게."

호영은 낙심한 채로 그녀에게 인사를 했다. 펄럭거리던 깃발이 힘을 잃고 한껏 늘어졌다. 골목길을 되짚어가는 호영의 모습이 금세 사라졌다.

"뭐야? 재수 옴 붙은 얼굴이던데?"

거실에 주저앉은 남자가 묻자 문을 닫은 무당이 그제야 히죽 웃었다.

"그렇지, 재수가 옴 붙었지. 그러나 우리는 땡잡았지!"

"나는 엄마가 그렇게 웃음 무섭더라. 갑자기 뭔 땡이야?"

무당은 벽에 기대앉은 아들의 옆으로 가서 앉았다. 그리고 다시 깔깔 웃었다. 흥미를 잃은 아들은 리모컨을 찾아 TV를 틀었다.

"너 골목 초입에 있는 2층 건물 알지? 거기가 조만간 내 손에 떨어진다 이거야. 그것도 헐값에!"

왁자한 프로그램을 잠시 보다 다른 채널로 바꾸던 아들이 엄마를 쳐다봤다.

"헐값에 산다니? 뭔 소리야?"

"귀신을 보셨대요. 아까 그 젊은 주인이! 그래서 내가 겁을 더 줬지! 순해빠져서는 철석같이 믿는 눈치야. 세상에 귀신이 어디 있어?"

"무당인 엄마가 할 말은 아니지 않아?"

"야, 이놈아. 네 어미가 말발로 사람들 홀리는 데 천재야. 헛것 보고 놀라서 귀신 봤다고 떠드는 인간들에게 더욱 기괴한 걸 보여줘야 홀랑 넘어간다고. 그러니 귀신이 나온다는 소문을 좀 내주면 누가 들어오겠어? 안 그래?"

"저 폐가를 산 것처럼 말이지?"

"일부러 남이 눈독을 들이지 못하게 얼마나 애썼는지 알아? 덕분에 지금에서야 저 집을 산 건 줄 알아, 이놈아."

알 만하다는 듯 고개를 끄덕이며 아들은 다시 TV에 시선을 두었다.

무당은 두 다리를 쭉 폈다. 숨을 들이쉬니 향냄새가 밴 공기가 폐부 깊숙이 차올랐다. 그녀는 오래된 집의 천장을 올려다보았다. 빗물이 새어 얼룩이 진 귀퉁이를 보고 코웃음을 친다.

"돈 좀 빌리고, 대출받으면 살 수 있어. 부동산 이씨 말이 곧 재개발이 되어 땅금이 오른다니까 조금만 버티면 돼. 이 지긋지긋한 향냄새도 그만 맡을 때가 온다 이거야."

"그러면 나 차 사줘! 벤틀리로!"

"내가 떡두꺼비같은 아들한테 뭔들 못 사줄까!"

무당은 아들의 볼을 감싸쥐었다. 둘은 함께 키득거렸다.

"엄마."

"왜에 아들?"

"그 전에 나 밥 줘."

"우리 아들 뭐가 먹고 싶어?"

"고기! 삼겹살 먹자!"

"좋다! 내가 그깟 삼겹살 못 사줄까! 기다려봐, 엄마가 금방 고기 사 와서 상 차려줄게."

그날 밤, 잠결에 무당은 까마득히 먼 저편에서 아이의 비명과 무언가가 구르는 소리를 들었다. 매서운 바람이 불어 대문간에 세워둔 깃발이 펄럭거리는 소리가 유난히 크게 들렸다. 그녀는 몸을 뒤척였다. 깊은 잠에 빠질 무렵 똑, 똑, 똑, 어두운 집안의 적막 속에서 누군가가 문을 두드렸다. 무당은 눈을 떴다. 상체를 일으켜 닫힌 방문을 봤다. 잠시 뒤 다시 소리가 들렸다. 똑, 똑, 똑.

그녀는 자리에서 일어나 거실로 나갔다. 불을 켜고 불투명 유리로 된 현관문을 응시했다. 분명 잠들기 전에 대문을 잠갔다.

"누구세요?"

적막이 흘렀다. 잘못 들었나? 그녀는 방으로 돌아가려고 거실 불을 껐다. 골목길을 비추는 가로등 불빛이 집안으로 스며들었다. 그 불빛 속에서 검은 그림자가 일렁거렸다. 흠칫 놀라 현관문을 보자 문 너머에 검은 그림자가 서성거렸다.

똑, 똑, 똑.

갑자기 들려온 소리에 무당은 반사적으로 부엌 옆에 난 문을 봤다. 현관이 아닌 보일러실에서 노크소리가 들렸다. 그녀의 눈이 현관으로 다시 향했다. 검은 그림자는 그 앞에 여전히 서 있다. 보일러실로 조심히 걸어가 닫힌 문을 열었다. 거실보다 짙은 어둠이 도사리고 있는 작은 공간에 유일하게 난 창문에서 옅은 불빛이 새어 들어오고 있었다.

똑, 똑.

그녀의 존재를 알아차렸을까. 다시 창문을 두드린다. 불을 켜자 일정하게 울리던 노크소리가 뚝 끊겼다. 무당은 재빠르게 비좁고 잡다한 물건들로 가득한 보일러실을 가로질러 창문을 열었다.

"누구야?"

장난을 치는 사람은 온데간데없고 황량한 폐가가 어둠에 잠긴 모습이 보였다. 평소라면 그 옆 2층 건물에서 흘러나오는 빛 때문에 조금은 환하게 보였을 텐데, 지금은 골목의 가로등 불빛에 비친 윤곽만이 희미하게 보였다. 그녀는 고개를 내밀어 집과 콘크리트 담 사이를 보았다. 두 뼘 정도 되는 곳에 사람이 숨어 있을 리가 없다. 도둑이라도 들어 담 위를 서성인 걸까? 어찌됐건 어둠 속에 사람의 자취는 없었다. 무당은 창문을 닫았다.

탁탁, 데구루루. 바로 앞에서 들리는 소리에 창문을 다시 열었다. 오래되어 낡은 집을 유심히 쳐다봤다. 바람이 불어 맞은편에 있는 회화목의 나뭇가지들이 흐느적거렸다. 검은 어둠 속에서 더 짙은 어둠을 찾는 것처럼 무당은 집중했다. 젊은 사장이 얘기했던 것처럼 귀신이라도 나타날까? 온 신경을 집중했으나 귀신이란 건 나타나지 않았다.

"당연하지. 귀신은 무슨."

그러나 사람들에게 홀리기 좋은 이야기였다. 문이 없는 낡은 집에서 무언가가 기어나왔다! 킥킥. 땅값이 쭉쭉 내려가는 소리가 들렸다. 기분이 좋아진 그녀는 창문을 닫으려고 했다. 그런데 처음엔 몰랐으나 바람에 섞이는 다른 소리가 또렷이 들려왔다. 쌕쌕, 마치 풍선 바람 빠지는 소리같이. 담 너머에서 들려오는 소리가 점차 커졌다. 허공을 헤집던 그녀의 눈동자가 담 위로 향했다. 검고 둥근 머리털이 담 위로 천천히 떠올랐다. 회색빛 얼굴 가죽이, 짙은 눈썹이, 그리고 그 밑으로 푹 파인 눈이, 콧날이 휜 뭉툭한 코가, 그리고 무당을 향해 히죽거리는 시퍼런 입술. 그 검은 입 구멍에서 숨이 새어나온다. 쌕쌕.

"으아악!"

두 팔이 담을 기어올랐다. 휙휙 꺾이는 관절이 그녀의 머리를 붙들었다. 버르적거리는 무당의 목을 비틀고 밖으로 잡아당겼다. 무당의 몸통이 버둥거리며 펄떡대자 놈의 가녀린 몸이 휘청거렸다. 놈은 제 목에 있는 밧줄로 그녀의 목을 감았다. 곧 무당의 저항에 담 너머로 떨어진 놈은 벌떡 일어나 밧줄을 끌어당겼다. 보일러실 안으로 넘어진 무당의 몸이 맥없이 끌려갔다. 그녀의 목이 창문 밖으로 튀어나왔다. 뭐라도 붙들려고 팔을 휘적거리자 유리창이 깨졌다. 나무틀이 부서져 떨어졌다. 유리조각이 박힌 두 손으로 창턱을 붙잡지만, 목에 감긴 줄 때문에 숨쉬기가 힘들었다. 손을 떼 밧줄을 붙들자 놈은 놓치지 않고 줄을 잡아당겼다. 그녀의 몸이 창과 담을 넘어 폐가로 떨어졌다.

졸린 목에서 목소리도 숨도 새어나오지 않았다. 무당은 불켜진 자신의 집 창문을 향해 손을 뻗었다. 점점 멀어진다. 속절없이 몸이 끌려간다. 그녀의 시야로 검은 폐가가 보였다.

불어오는 바람에 옆에 선 회화목이 음울한 소리를 냈다.

초인종에 침을 바르는 남자

홍지운

1

이상했어. 그렇잖아. 아파트를 돌아다니면서 초인종에 자기 침을 묻히는 사람이라니. 이상하잖아. 일단 사람들의 손이 닿는 부분에 침을 묻히고 다닌다는 게 위생적으로 문제가 많지. 그래서 병균이라도 옮기려고 그러는 걸지도 모른다고 생각했어. 하지만 그렇게 효율적인 방법은 아니다 싶더라.

아니, 21세기잖아. 병균을 옮기고 싶었다면 초인종이 아니라 문손잡이에 침을 발랐겠지. 요즘 세상에 도대체 누가 초인종을 눌러? 일단 집주인이 자기 집에 들어가면서 초인종을 누르지는 않잖아.

하다못해 택배원도 문 앞에다 짐을 놓고 문자로 배송을 마쳤다고 연락하는 시대라고. 사회적인 거리는 유지해도 물리적인 거리는 오프라인보다는 온라인으로 연결된 사회잖아. 그리고 이건 더 직접적이지. 어딜 가든 전파라는 이름의 선으로 연결된 세상에서 살고 있는 거니까.

초인종을 누르는 사람은 이제 거의 없어. 기껏해야 음식배달부나 가스검침원들 정도나 있을까 몰라. 그런데 이분들은 규정상 장갑을 끼고 다니신다구. 그래서 나는 그 사람이 초인종에 침을 바르면서 다섯 동이나 돌 때까지 그 사람이 왜 그러는지 답을 내리지 못했어.

나도 이상한 사람이기는 하지. 백수로 배나 긁으며 지내다가 할머니한테 정강이 맞고 아파트 주차장에서 할머니를 도와 고추를 말리다가 발견한 이상한 사람을, 그 이상한 사람이 다섯 동이나 돌아다닐 때까지 지켜보고 있었으니까. 이상하고 할일 없는 사람인 건 맞지.

어디까지나 이제 와서야 하는 말이기는 하지만 지금 생각해보면 그때 그만큼만 이상한 사람이었어야 했지 싶어. 그러니까, 백수로 배나 긁으며 지내다가 할머니한테 정강이 맞고 아파트 주차장에서 할머니를 도와 고추를 말리다가 발견한 이상한 사람을, 그 이상한 사람이 다섯 동이나 돌아다닐 때까지 지켜보는 이상하고 할일 없는 사람까지만 말이야. 백수로 배나 긁으며 지내다가 할머니한테 정강이 맞고 아파트 주차장에서 할머니를 도와 고추를 말리다가 발견한 이상한 사람을, 그 이상한 사람이 다섯 동이나 돌아다닐 때까지 지켜보다 도대체 당신 뭐 하는 사람이냐고 붙잡고 물어볼 정도로 이상하고 할일은 없으면서 오지랖까지 넓은 사람이 아니라 말이야. 그렇지?

2

"아저씨. 아저씨는 뭐야?"

가까이서 보니 침남은, 그래, 이상한 사람은 너무 기니까 침남이라고 부르자고, 행실만이 아니라 옷차림마저 이상하더라. 하긴 말쑥한 차림새였으면 그건 그것대로 또 놀랄 일이기는 하지. 어쨌든 지저분하게 때에 전 국방색 코트에 검은색 셔츠는 온갖 곳이 해졌고 청바지는 엉덩이와 무릎이 닳

아빠져 흰색이 드러났더라.

그래. 네 말이 맞아. 여기까지는 그냥 평범한 힙스터지. 하지만 침남의 목에는 비츠 헤드폰이 아니라 매듭 묶은 동아줄이 걸려 있었어. 그리고 그 동아줄에는 형형색색의 끈들이 묶여 있었고. 이런 스타일은 홍대에도 잘 없잖아.

침남은 내가 아는 척을 하니까 놀란 것처럼 보였어. 100킬로그램은 될 거한이, 그러니까, 나 말이야, 어기적어기적 걸어가서 낮게 깐 목소리로 말을 걸었으니 이상할 일도 아니다 싶더라고. 동네 미친 인간들이 내 앞에서 건들거리다가 꼬랑지를 말고 도망친 게 어디 한두 번이니. 그러니 다른 사람의 집 초인종에 침이나 묻히고 다니는 미친 인간이라고 다를 바는 없겠다 싶었지.

"어, 아저씨는 일한다."

하지만 침남은 순식간에 놀란 표정을 지우고는 허허 웃더라고. 나는 그 앞에서 프론트 랫 스프레드* 포즈를 취했지. 미친 인간들한테 항상 어필이 잘되는 자세니까. 하지만 이날만큼은 다르더라. 이번에도 나의 전면 광배근과 대퇴부가 터

---

* 주로 보디빌딩대회에서 두 손을 허리 쪽에 두고 서는 포즈.

질 듯이 맥동했는데도, 침남은 헤벌쭉 벌린 입으로 침이나 흘리면서 하하 웃기만 했거든.

아무래도 안 되겠다 싶었지. 그래서 나는 침남의 양 어깨에 내 도톰한 손을 얹었어. 가끔 있기는 하잖아. 악으로 미쳐서 지는 모습을 절대로 보여주지 않는 사람들. 그런 사람들은 어린아이와 다를 바가 없어. 순수하고 귀엽다는 이야기는 아니야. 높이높이를 해주면 그 즉시 절친한 친구가 될 수 있다는 이야기야.

아무튼 나는 침남과 높이높이를 하며 활기차고 웃음으로 가득한 시간을 보내려고 했어. 근데 그때였지. 내 머릿속에서 은하수가 빛줄기를 이뤘어. 별이 터질 듯한 강렬한 충격과 함께. 누가 내 뒤통수를 씨게 강타한 거였지. 그리고 이렇게나 위력적인 타격은 살면서 단 한 사람한테만 맛봤었어.

"아, 할머니!"

"애, 어디 망령되게 무얼 하니?"

너도 알다시피 그 타격의 주인공은 아까까지 나랑 주차장에서 고추 말리던 우리 할머니였지. 알잖아. 월영시 일타쌍피. 빠르게 설명을 안 드리면 오늘도 쌍코피 터지겠구나 싶어, 나는 부랴부랴 상황에 대해 말씀드렸어.

초인종에 침을 바르는 남자

"이 돌은 자식이 우리 아파트단지 초인종에 침을 바르고 다니잖아. 걱정 마세요. 안 때리고 안 부숴. 그냥 들어다가 아파트 밖에다가 버리고 올 테니까, 여기 계시고. 응?"

"이거이 아주 큰일 낼 놈일세. 애, 어서 이분을 놓아드려라. 어르신, 죄송하게 되었습니다. 손주라고 하나 있는 녀석이 무식하기가 짝이 없어서…."

할머니는 내 뒤통수를 휘갈긴 지팡이를 뒤로 물리시면서 침남에게 꾸벅 고개를 숙이셨어. 침남은 여전히 침을 질질 흘리면서 할머니의 인사를 받아주더군. 아주 그때 내가 턱뼈를 둘로 나눠버릴까 했었는데.

"손주가 귀여워. 자네도 닮았고."

"네, 그렇구말구요. 어르신이 보시기에야 천하의 난봉꾼이 따로 없으셨습니다만, 이 늙은 할멈에게는 귀여운 막둥이입니다. 그러니 모쪼록 관대하게…."

"아, 할머니. 뭘 또 평생 안 주던 사랑을 이럴 때 주고 그러는데? 오늘 무슨 날이야? 꿈에 할아버지 나왔어?"

할머니는 두더지 게임처럼 내 뒤통수를 휘갈기기 시작하셨어. 그사이 침남은 부리나케 도망쳐서 자리를 뜨고 말았지. 나는 도대체 무슨 영문인지를 몰라 그냥 두들겨만 맞았고. 할머니는 내가 뭐냐고 아무리 따지는데도 말만 돌리면서 대답을 피하더라. 그래서 그때는 전혀 몰랐지. 이게 다 앞으로 일어날 그 끔찍한 사건의 전조였다는 것을 말이야.

3

"역신이네. 할머님이 손주를 살리셨어."

"왜 또 색다른 헛소리니."

"남루한 차림새에 금줄을 목에 두르고서 문패에 준한다고 할 수 있는 초인종에 타액으로 표식을 하고 다닌다며. 침이니 그나마 다행이지. 피였으면 또 팬데믹이다."

다음날 병식이랑 파스타집에서 밥 먹다가 그 이야기를 했거든. 근데 병식이 놈이 또 흰소리를 하더라고. 알잖아. 우리 고등학교 때 학교에 귀신이 붙었다면서 운동장에서 굿판을 벌였다가 정학 먹었던 애. 그때는 나도 농구 골대 부숴먹은 걸로 정학이었어서 안면이 있었거든. 걔는 항상 그런 걸 본대나.

병식이 놈은 내 이야기에 구미가 당기는 모양이었어. 걔

요즘 보험사에서 일하잖아. 말로는 그렇더라고. 보험업계에 그런 거 좋아하는 사람들이 제법 있대. 하기야 부동산업계에도 땅 보러 다니는 사람들 중에 풍수지리를 따지는 양반들도 많아서 그 공부를 하는 사람들이 있다잖아. 그것처럼 보험업계에서도 전염병이 돌거나 하면 환자들이 보험료 청구를 엄청 하니까 이런 정보를 미리 알아내려고 점도 치고 무당도 부르고 한다는 거지.

"초인종을 누르고 다닌 건 정말로 거기에 손가락을 찍었을 때 병이 옮으라고 한 건 아니고, 무속적인 제스처지. 저주의 시그널. 신이 남겨놓은 표식."

"카인의 이마처럼?"

"그보다는 이 빵에는 내가 침 발라났으니까 다른 놈들은 먹지 말라는 정도."

병식이는 낄낄거리고는 접시 위를 향하는 내 손을 짝, 소리 나도록 내리치고는 마지막 빵조각을 챙겼어. 죽일 놈. 아니, 이렇게 말하면 안 되지. 나쁜 놈.

내가 짜증을 내든 말든, 병식이 놈은 활짝 웃으면서 얼토당토않은 제안을 던졌어.

"너네 아파트 좀 가보자. 또 역신이 돌아다니나 보게. 원래는 재개발 구역 중앙에 그, 위령비를 한번 가볼까 했는데 일정 바꿔야겠다."

"조용히 보험이나 팔지, 뭐라는 거야? 우리 노친네가 미신 좋아해서 그런 걸 너마저 속지 말아라. 그리고 뭐, 진짜면 그거 갖고 돈 벌려고? 됐으니까 그냥 집에나 가."

나는 자리에서 일어나 병식이에게 프론트 랫 스프레드를 선사했어. 설득력 있는 말보다는 설득력 있는 근육이 필요한 때도 있는 법이니까. 병식이는 잠자코 눈을 깔고는 고개를 끄덕이더군. 그때 나는 안심했지. 침남이한테는 안 통한 내 근육이 병식이한테는 통했으니까. 하마터면 내 근육을 의심할 뻔했다고, 잠시 반성하는 시간을 가졌어.

그러지 말걸 그랬어. 안 그랬으면, 내 근육을 조금만 더 의심했으면 그날 저녁에 병식이가 시체로 발견되지도 않았을 테니까.

4

홈트했지, 홈트. 병식이 돌려보내고 식단 확인하니까 운동

109
초인종에 침을 바르는 남자

할 양이 장난이 아니더라고. 집에 돌아와서 할머니 어깨 마사지 한 번 해드리고 닭가슴살 뜯고 홈트 한 코스 마쳤지. 할머니가 당분간은 헬스장에 쏘다니지 말라고 혼내서 못 갔다고.

이제 저녁도 되었겠다. 아버지 오시기 전에 밥상이나 차려놓으려고 했는데 베란다 너머에서 사이렌소리가 들려오는 거야. 이상했지. 도로에서 차가 충돌하는 소음이 나지도, 다른 집에서 연기가 올라가지도 않았으니 뭔가 싶잖아.

나는 음식물쓰레기를 버릴 겸 바깥 상황을 확인하러 내려갔어. 왜긴 왜야. 요리를 마치자마자 버려야 냄새도 안 나고 벌레도 안 꼬인다고. 나는 내 근육처럼 섬세해서 음식물쓰레기통의 썩은 냄새를 전혀 견디지 못한단 말이다.

그래서 단지로 나갔는데 경비실 근처에 주민들이 모여서 웅성거리고 있는 거야. 아니다. 주민들만이 아니라 옆 동네 사람들까지 몰려왔어. 우리 상가 건물에서 폐지 주우시는 할아버지조차 계셨더라고. 저녁시간이었는데도 말이야. 그래서 나도 음식물쓰레기통은 한쪽에 치워놓고 뭐야? 뭐라도 일어난 거야? 라고 중얼거리면서 경비실로 향했지. 그리고 그곳에는 어떤 할머님이 누군가의 시체를 바른 자세로 돌려놓고 계셨어. 그 할머님은 노란색 스웨터를 입고 있었는데

피 한 방울 묻히지 않으셨더군. 아주 조심스레 시체를 돌보신 게지. 정말 쉽지 않은 일이었을 거야. 나는 노란색 스웨터를 입은 할머님이 돌보는 그 시체가 누구인지를 금방 알 수 있었어. 그래, 병식이였어. 내 친구, 병식이가 시체가 된 채로 쓰러져 있었던 거야.

너도 뉴스 봤다고 했지? 하지만 방송국에서는 디테일을 뭉개서 전달했더라고. 아마 일어난 사건 그대로 묘사하기에는 현장이 너무 기괴한 꼴이었기 때문이 아닐까 싶어. 그때 나도 비위가 상한 이상으로 두려웠거든.

병식이의 몸은 곳곳이 갈라져서 피가 흐르고 있었어. 여기까지만이라면 나도 비위만 상하지 두렵지는 않았겠지. 그런데 그 상처에는 비뚤비뚤, 이빨과 털이 자라나 있었어. 몸안에서 자라난 이빨이었어. 병식이는 몸안에서 자라난 이빨에 물어뜯겨 죽어버린 거였다고. 그 자식의 마지막 얼굴에는 제 몸에 무슨 일이 일어났던 것인지 이해하지 못한 듯 고통과 절망 그리고 당혹이 한데 뒤섞여 있었지. 망할. 도대체 무슨 경우에 그렇게 죽어버리는 건데?

5

"할머니야."

"어, 왜냐."

"그 새끼 뭔데?"

나는 병식이가 앰뷸런스에 실려가는 걸 지켜본 뒤 집으로 돌아갔어. 차에는 태워주지 않더라고. 고등학교 동창은 보호자가 아니라고. 말이야 맞는 말이니 뭐 어쩔 수 없어서 집으로 돌아왔어. 보호자는 아니어도 할 수 있는 일들은 있을 테니까.

그래서 할머니에게 그 역신이니 뭐니에 대해 따졌는데 할머니는 냅다 내 엉덩이만 후려갈기시더군. 어떻게 그렇게나 불경한 이야기를 하느냐고. 나는 이번만큼은 잠지 않았지. 어떻게 참느냐고. 그래, 병식이랑 내가 그렇게 친한 사이는 아냐. 하지만 나랑 방금까지 밥상을 같이한 놈이 듣지도 보지도 못한 시체 꼴이 되었는데, 내 기분이 어땠겠냐고.

그것도 내 집 바로 앞에서. 내가 해준 이야기를 듣고서 무언가를 저질렀음이 분명한 채. 어쩌면 나도 병식이 꼴이 되었을지도 모른다는, 그리고 그 꼴이 될지도 모른다는 생각이

들면 어떻겠냐고.

"나 그 새끼 족칠 건데?"

개빡치지 않겠냐고.

"말이나 되는 소리를 해라. 그러다 경을 친다."

"뭐가 말이 안 되는데. 그 새끼가 팔이 달렸는데 팔도 부러뜨릴 수 있고, 모가지가 있으니 모가지를 꺾어버릴 수도 있고."

병식이가 쪼다기는 했지. 하지만 어떤 쪼다든 그렇게 죽어버려선 안 되는 거야. 나는 국물이 흘러넘치기 직전의 라면 냄비처럼 부글부글 끓어서 어쩔 줄을 몰랐어.

"이게 오냐오냐 길렀더니 하늘 무서운 줄 모르지. 너는 조용히 손 씻고 감자나 마저 깎아라. 영어 공부나 더 하고."

아무리 다그쳐도 할머니는 나를 도울 생각이 없더라. 나는 그 역신인지 뭔지를 찾아낼 생각뿐이었는데. 뭘 하냐고? 모르겠어. 일단 따져보고 싶었다. 역신인지 뭔지가 진짜지 아닌지야 모르지만, 병식이가 왜 그 꼴을 당해야만 했는지를 내 귀로 직접 들어야겠다고 생각했어.

나는 지갑도 챙기지 않고서 문밖으로 나섰어. 할머니가 나를 도와주지 않는다면 다른 사람을 찾는 수밖에 없었으니까.

"할머니는 바보야!"

"으이구, 이 화상아!"

6

"오늘은 또 누굴 때렸니?"

"아니라고."

"그럼 뭘 부쉈나?"

"아니라니까."

집을 나가서는 바로 그린약국으로 갔어. 내가 또 조 약사님 전담 트레이너였잖아. 이래저래 신세를 많이 지기도 했지만 친하기도 하거든. 그리고 이렇게나 병원 적은 우리 동네에서 조 약사님만큼 중한 분이 없으시지.

왜긴 왜겠어. 방문약국이랑 개동약국은 너무 구석진 골목에 있고 수천약국은 주인장 성질머리가 더러워서 단골들을 다 쫓아냈잖아. 그러니 동네 아픈 사람이 누구 있는지는 그린약국이 다 안다고.

"조 형, 우리 아파트 손님이 좀 있었지?"

"어, 그런데 그걸 네가 어떻게 아냐?"

"있어. 어디가 아팠대?"

"이 시기인데 감기지, 뭐. 너 이상하다. 아픈 사람이 있는 건 아는데 왜 아팠는지는 몰라? 개동병원 응급실 영업부장이?"

그 양반이 깐죽대는데, 어? 영업부장? 취직했다는 얘기가 아니라 응급실 손님 늘려준다고 욕한 거야. 작년 실적이 제법 괜찮았잖아. 됐고. 어.

하여튼 나는 누구 온 거 아니냐, 누구도 오지 않았냐 하나하나 따져 물었어. 다 침남이 초인종에 침을 바른 집 사람들 중 내가 아는 양반들로다가. 나는 몰라도 우리 할머니가 발이 넓잖아. 우리 아파트 사람들 전원까지는 알지 못하더라도 아는 사람들은 알아.

예상은 크게 틀리지 않았어. 내가 찍은 사람들 중 삼분의 일 정도가 그린약국에 들렀다더군. 증세가 약하기는 해도 이렇게나 많은 사람들이 단체로 걸리기는 오랜만이라는 정보까지 들었지. 남은 삼분의 이는 아마 초기증세거나 병원에 갈 시간을 내지 못한 양반들이겠다 싶더군.

"조 형, 이거 우리 아파트만 이러는 거 아니지? 다른 아파트는 문제없대?"

"없겠니? 미곡빌라랑 우반베르디움이랑 천호아파트에서도 왔지."

"그래? 어디부터 시작되었어?"

"우반베르디움이 먼저였어. 다음이 천호. 그 다음이 미곡. 가장 최근이 너네. 뭔데? 뭔데 전직 헬스 트레이너가 웬 동네 감기에 전수조사를 하고 그러는데?"

"아, 형. 묻지 마. 그런 게 있어."

나는 조 약사님이 이야기를 하자마자 폰을 꺼내서 지도맵을 켰어. 역시. 일정한 선이 그려지더군. 감기 환자의 발생지가 서쪽에서 동쪽으로 조금씩 이동하고 있었어. 침남의 동선을 찾아냈다고도 할 수 있겠지.

왜긴 왜겠어. 보통 감기가 퍼질 때 이렇게 지리적으로 선이 쭉 그어지진 않아. 대부분 폭이 넓어지는 동심원에서 시작해 복잡한 선을 그리지. 우반베르디움이 동심원의 중심이라고 생각할 수도 있지만 그랬다면 우반베르디움 다음에 천호아파트로 전염이 퍼지기 전에 영춘오피스텔에서 나왔을 거야. 하다못해 미곡빌라 전에라도 말이야.

그러니 그럼 딱 나왔지. 우반, 천호, 미곡, 우리집. 그렇다면 다음은 어디겠어? 응. 맞아. 뻔하잖아. 거기지. 월영시가 내 손바닥 안에 있거든.

나는 조 약사님에게 고맙다고 인사한 뒤 피로회복제 두 병에 비타민제를 알파벳 순서대로 입에 털어 넣고는 밖으로 나갔어. 이제 내가 쫓아갈 상대는 이상한 병균덩어리 인간인지 신인지 모를 무엇이었으니까, 이 정도 예방이라도 하지 않을 수 없었다고.

7

"아저씨, 아시는 분이라도 보러 오셨어요?"

"아뇨, 그런 건 아닙니다."

"근데 왜 여기 있어요?"

"모르는 사람이 여기 올 거라서요."

다음날 아침, 나는 월영병원 앞으로 갔어. 거기에 계속 서 있다보니 경비원이 다가와 시비를 걸더라고. 수상쩍다 싶었겠지. 우락부락한 아저씨가 으르렁거리면서 병원 앞에서 얼쩡거리고 있었으니까. 나는 사교성을 발휘해 슬쩍 웃어 보이면서 최대한 사근사근한 어투로 경비원을 안심시켰어. 경비원은 고개를 끄덕이고는 건물 안으로 들어가더군. 내가 법을 어긴 건 아니니까 뭐라 더 말은 못했던 거야.

나는 월영병원 입구에서 눈을 부라리며 침남이 찾아오길 기다렸어. 우반, 천호, 미곡으로 이어지는 방향이면 그 다음은 월영병원 외에 떠오르는 곳이 없었지. 심각한 일이라고 생각했어. 아파트에 사는 사람들도 아프면 안 되지만, 병원에 입원했을 정도로 이미 아픈 환자들 사이에서 전염병이 돌면 더 큰 일이지 않겠어? 정의감 때문만은 아니야. 병식이가 왜 그 꼴이 된 건지 확인하는 게 우선이었으니까. 그래서 침남을 보자마자 턱을 한 방 후려갈겨줄 생각이었어.

뭐라는 거야. 할머니나 병식이가 말한 대로라면 침남은 역신이잖아. 역신은 두들겨 패도 울면서 경찰서로 달려가 고발하겠다고 하진 못할 거 아니겠어? 역신이 아니면? 그냥 또 한 명 불운한 희생자가 나왔을 뿐인 거야. 그래도 병원 앞에서 맞을 거였으니 입원하면서 품이 들지는 않으니 그렇게까지 불운하지도 않은 거고.

염려되는 건 침남이랑 엇갈리지는 않았나 하는 거였어. 하지만 왠지 확신이 들었어. 침남은 아직 이곳에 오지 않았다고. 하지만 곧 올 거라고. 그냥 직감이 그랬어.

"야, 넌 또 여기 왜 있어?"

"이 염병할 놈이, 너 거기 딱 서라."

직감이 맞았지. 점심시간이 되기 전, 그러니까 전에 내가 할머니랑 아파트에서 고추를 말리고 있던 시간대와 비슷할 때 침남이 병원 쪽으로 걸어오고 있었어. 나는 성큼성큼 걸어가서 그 지저분한 힙스터 패션 역신의 뒤통수를 후려갈겼지.

"쳤어?"

"쳤다, 쳤다."

턱을 후리고 뺨을 갈기고 코에다 주먹을 내리꽂았어. 침남은 침 흘리면서 나한테 줘패 맞았고. 아까 나에게 말을 걸었던 경비원은 건물 안에서 유리창 너머로 미친놈을 다 본다는 표정으로 나를 바라봤고. 나랑 할머니와 달리 경비원의 눈에는 침남이 보이지 않은 게 아니었을까 싶어. 내가 무슨 막춤이라도 추는 줄 알았겠지.

"아파! 아프다고!"

"새끼야, 아프라고 때리지, 그럼 나으라고 때리리?"

침남은 침만 질질 흘리는 게 아니라 눈물도 질질 흘리면서 몸을 동그랗게 말아 중요부위를 보호하려고 했어. 덕분에 어디 도망치지도 못하니 아주 계속 때렸지. 전에는 때리기 좋게 목에 동아줄도 매고 다녔는데 그날은 그게 없더군. 어쨌든 그땐 별 신경쓰지 않고서 열심히 팼고 침남은 비명조차 지르지 못하면서 먼지 나도록 맞았어. 나의 폭력성이 과도하지 않았느냐 비난할까봐 변명을 해보자면, 침남은 하도 씻지를 않아서 다른 사람보다 먼지가 잘 나는 편이었기는 해. 평균에 비교하면 80퍼센트 정도는 더 잘 났어.

"넘마! 너 왜 그러는데!"

"임마, 넌 병식이한테 왜 그랬는데?"

잠시 멈췄어. 왜냐하면 침남이가 도대체 뭐라는 것이냐는 눈빛으로, 이건 정말이지 진짜 억울하다는 표정으로 나를 바라봤거든. 그러고는 예상하지 못한 한마디를 입에서 꺼내더군.

"병식이? 걔가 누군데?"

"내 친구! 네가 죽인 그 새끼!"

"내가 사람을 어떻게 죽여? 난 비염의 역귀인데! 비염으로 죽었으면 그건 진짜 내 잘못이 아니라 그 친구 잘못 아닌가?"

나의 표정도 바뀌었어. 야, 이번 건 내가 아주 조금이긴 한데 미안하다, 의 표정으로 말이야.

"미안하게 됐다."

"…어이가 없네."

"됐고. 야, 화 풀어."

나는 구석에 쭈그려 앉은 침남에게 편의점에서 사 온 감동란과 사이다 한 병을 주었어. 침남은 감동란에 감동했는지, 나한테 맞은 게 아파서였는지 계란을 멍든 눈에 비비면서 눈물과 함께 사이다를 삼켰지. 하지만 내가 나름대로 사과를 했는데도 침남은 계속 끝까지 고개를 돌린 채 나를 쳐다보지 않더라고.

"화, 풀, 자?"

나는 침남이 마시고 있던 사이다를 빼앗고는 세 조각으로 찢어버렸어. 패트병에서 사이다가 촤르륵 쏟아졌지. 그제야 침남은 내 진심을 알아챘는지 내 눈을 피하지 않더라.

"그러지…."

침남은 나한테 한참 두들겨 맞다 병식이 이야기를 들은 뒤에야 신상명세서를 털어놓았어. 내용은 대충 이랬어.

'나는 역신까지는 아니고 역귀다. 높은 분들의 지시를 받아 자잘한 잔병치레를 하도록 이끄는 게 나의 역할이다. 비염의 역귀인데 기관지에 영향을 주는 질병이기도 하고 올해 자기가 애를 좀 썼더니 감기로 이어진 환자들이 많았나보다. 그게 전부다. 할머님 앞에서 잘난 척했던 것은 정말로 미안하고 부끄럽다. 하지만 고위공무원이 아니라 민원창구 정도의 역할을 맡고 있더라도 시민들의 존중을 받으면 기분 좋아지는 게 또 사람 심리 아니겠느냐. 내가 사람이 아니기는 한데 내 심리도 크게 다르지 않다.

사람이 죽고 사는 게 하늘의 뜻이고 나는 하늘의 뜻을 따라 이런저런 일을 하고 있을 뿐이니 너무 나 미워하지는 마라. 내 짬바 봐라. 애초부터 사람 목숨 거둬 가는 궂은일은 맡지 못하는 급이다. 병식이라는 친구는 난 모르는 사람이고 얼굴도 본 적이 없다. 관할서가 다른 문제인 것 같으니 별개의 창구를 통해 문의해라.'

나는 주섬주섬 주머니에서 폰을 꺼내 침남에게 보여주었어. 그 폰에는, 망할, 그래, 병식이가 죽었을 때 모습을 찍어놓은 사진이 있었거든. 뭐가 언제 어떻게 필요할지 모르는 노릇이니 챙겨놨었지.

"이거 뭔지 알겠냐?"

"뭐지?"

"병식이야."

침남도 놀라서 말을 잇지 못하더군. 그저 놀라서만은 아니었지만 말이야.

"이게 사람이라고?"

이게 귀신이 할 소리인지. 나는 씁쓰름한 표정으로 침남한테서 고개를 돌렸어. 아무튼 그 사진 속 병식이는 사람으로 보일 상황이 아닌 건 맞았으니까. 그런데 도통 이게 뭔 일인지. 침남이는 나보다 더 분하다는 듯 얼굴을 일그러뜨린 채 나에게 소리를 질렀어.

"이러는 게 사람이라고, 우리가 아니라. 사람이 이런다고."

9

"정말 괜찮겠어?"

"어. 있어."

나는 침남이를 두고 월영병원 장례식장으로 들어갔어. 침남이는 상도덕상 장례식장엔 들어가지 않는다고 하더군. 상부에서 정말로 강제적인 명령이 내려오는 경우가 아니라면 거기에 들어가는 일은 잘 없대. 그리고 그날은 강제적인 명령이 내려오지 않은 날이었지. 그보다는 조금 다른 문제가 있기도 했었고.

병식이는 3호실에 안치되었다고 들었어. 가족이라고 해봤자 철부지 동생 하나밖에 없는 녀석이었는데, 회사에서 이래저래 그 비용을 다 치른 모양이었어. 과연 부의금을 받는 함 옆에는 그 녀석이 다니는 보험회사에서 보낸 큼지막한 화환이 놓여 있더라고. 어떤 건지야 난 알지. 근조화환 S4특대형 프리미엄. 선심이라도 쓴 모양이었어.

나는 병식이 동생이랑 맞절을 하고 그 녀석을 안으로 들여보냈어. 어차피 몇 놈 오지도 않을 거였고 와봤자 동창들이 고작인데 이따 3학년 때 2반 반장이었던 철호가 올 예정이었거든. 그사이만 내가 잠깐 봐주고 가면 되니까 그러려고 했어. 더 올 놈들도 대부분 내가 받아줄 수 있는 놈들이었고. 그리고 이야기할 것도 있었거든. 병식이, 그놈이랑.

"새끼야."

"…."

"너는 또 왜 나대갖고. 새끼가…."

병식이는 관 위에 서 있었어. 죽을 때의 그 처참한 모습으로 말이야. 눈깔은 하얗게 뜬 채, 입에서는 신음소리만 흘리면서. 귀신으로 남은 게지. 그놈 목에는 침남이가 매고 있던 금줄이 묶여 있었어. 오른쪽 손목에는 어디서 났을지 모를 은팔찌를 차고 있었지. 양쪽 귀에는 구슬이 달린 귀걸이를 끼고 있었고. 왼쪽 발목에는 붉은색 실이 치렁치렁 감겨 있었어. 저주의 종합선물세트 꼬락서니를 하고 있었던 거야.

"야. 네가 나 많이 좋아했던 거 안다."

나는 향에다 불을 붙이고는 그놈 앞에 놓여 있는 향로에다 꽂아주었어.

"네가 이렇게 가서 유감이다. 더 할 일이 많았을 텐데."

병식이는 아무런 대답도 없이 관 위에 서 있는 그대로였어. 내 말이 들리기는 했을까? 내 몸이 보이기는 했을까? 모르겠다. 사람 중에 귀신을 보는 사람과 보지 못하는 사람이 나뉘는 것처럼 귀신 중에도 사람을 보는 귀신과 사람을 보지 못하는 귀신이 나뉘니까. 병식이가 어떤 귀신인지 나는 알 길이 없었으니까.

병식이는 몸이 무거워 보였어. 이것저것 묶인 게 많았으니 놀랄 일은 아녔지. 보이는 것만 꼽더라도 금줄에, 은팔찌에,

귀걸이에, 붉은색 실에 이것저것 뭐가 많았잖아. 하지만 나는 차마 그 녀석을 풀어줄 수는 없었어. 그래서는 안 되는 거였거든.

나는 그놈 관 앞에 잔을 올려놓고 소주를 가져와서 채웠어. 욕이라도 한마디 뱉어줄까 싶었지만 참았지. 이놈이 이 모양 이 꼴이 된 것은 지 팔자 지가 꼬아버린 탓도 있었으니까. 하지만 그래봐야 우는 아이 뺨 때리는 일밖에 더 되겠어?

"그러게 무슨 부귀를 누리겠다고 역신들의 물건을 훔치고 그런 거냐. 아무리 위에서 시킨다고 해도 말이야. 할 일이 있고 하지 말아야 할 일이 있지. 우리 할머니가 망령날 짓 하지 말라던데, 네가 한 일이 딱 그 꼴이잖냐."

맞아. 병식이는 역신이나 역귀들의 힘이 담긴 주구들을 수집하고 있었어. 그 불품들을 갖고 영적인 실험을 반복해서 새로운 역신을 만들려고 했던 거야. 병은 약만큼이나 돈이 되니까. 약까지 갖게 된다면 두 배로 벌게 되니까. 보험사의 높으신 분들께서 내린 부름을 받아서 그딴 헛짓거리나 하던 중에 죽어버린 거였지. 인간이 감당할 수 없을 저주를 한몸에 받는 바람에.

침남은 병식이의 사진을 보자마자 상황을 이해한 듯했어.

병식이가 가져간 물건 중에는 침남이의 주구도 있었기에 이해가 빨랐던 것 같아. 그래서 역귀다운 분노를 쏟아내려 했지. 하필 나한테 쏟아내려고 하는 바람에 잠시 주먹을 좀 뿌리는 해프닝도 있었고.

나는 병식이를 노려보았어. 병식이는 이제까지 없던 새로운 역귀가 되어버렸지. 독을 품고서 미쳐버린 역귀로 변해버린 거야. 병식이에겐 귀신다운 분노만이 남았어. 나는 조용히 소매를 걷은 뒤 팔짱을 끼고 병식이에게 선전포고를 남겼어.

"너는 나대지 말고 좋은 곳 가라."

"…."

"일은 내 선에서 마무리할 테니까."

뭐라 말하든 병식이는 그저 관 위에 서서 허공만을 바라볼 뿐이었지. 나는 친구를 내 뒤에 두고는 그 자리를 떠났어. 내 선에서 마무리하겠다고 했으니까, 마무리를 하러 간 거지.

10

맞아. A제약에서 난 화재소동은 내가 저지른 거야. 단순히 불만 지른 건 아니고 이것저것 챙겨 올 게 많았어. 다음에 일어난 B보험사의 주차장 박살 사건도 나고. 사람들은 주차장에서 일어난 일만 알지, 회의실에서 일어난 일들은 모르지만. C병원도 마찬가지야. 많이도 팼지. 병원이라서 힘 조절을 안 했는데 정말 까딱하면 사람 잡을 뻔했어. 사람 잡으려고 한 일이긴 했지만 말이야. 어쨌든 그 세 사건들 모두 범인은 나야. 후회는 없다. 이걸로도 폭력이 모자라지는 않을까 염려는 된다만.

그놈들은 지금 이 상황이 무슨 의미인지 전혀 이해를 하지 못하고 있었어. 그러니 내가 나서야만 했지. 두 번째, 세 번째, 어쩌면 십만 번째의 병식이가 생겨날지도 모를 일이었으니 어쩔 수 없었어.

만약 내가 삼자코 손을 놓았다면 병식이가 나섰겠지. 그 녀석은 이른 죽음으로 돌아버린 상황이니까 말릴 수도 없어. 독한 저주로 역귀로 변해 주변을 병들도록 만드니 그 녀석은 침남이와 달리 움직이는 재앙, 역귀를 넘은 역신이 되었다고. 인간이 만들어낸 역신이 인간을 덮칠 때 무슨 일이 일어나는지 넌 모를 거야. 나도 잘 몰라. 침남이가 그렇다니까 그런 줄 아는 거지. 하지만 침남이가 없었어도 미친 병식이 놈이 위험하다는 정도야 알 수 있었을 거야. 그 앞에 서는 것만으로도 내 모골이 송연해졌으니까. 저주로 몸이 저릿저릿했으니까.

그렇기에 피를 본 일에 대해서도 후회하지 않아. 아마 내 손에 피를 묻히지 않았다면 월영시 개천은 피로 홍수가 났을 테니까. 네가 고생한 일에 대해서는 미안하게 생각한다. 너가 나 찾아서 헤맸다며? 그런데 내 라인인 놈들은 다 사정을 알지 못해서 신기했다며? 그럴 만도 하지. 내 뒷수습을 도와준 건 침남이었거든. 그 자식도 일련의 상황에 대한 책임이 있었으니 당연한 노릇이어서 그랬어.

나는 이제 이 도시를 떠날 거야. 내가 저지른 일을 생각하면 당분간은 몸을 사려야만 하겠어. 너한테도 미안하게 됐다. 내가 나가면 곧 구조대원들이 널 찾으러 올 거야. 할머니랑 만든 고춧가루로 김장은 하고 떠나고 싶었지만, 뭐, 어쩔 수 없지. 정말이지, 이상한 꼴을 그냥 두고만 볼걸 그랬어.

다만 걱정이 하나 있어. 할머니는 아냐. 그 양반이야 내가 가면 속시원하게 TV 리모컨을 독점하겠지. 내가 걱정하는 건 병식이야. 장례식장에서 그 녀석은 결국 내 근육에 설득이 되었는지 관 밖으로 나서지는 않았어. 잠자코 관을 따라가 화장된 뒤 수목장을 치렀지. 하지만 그건 어디까지나 지금 당장의 이야기야. 내 광배근에 대한 기억이 잊히면 언제 다시 돌아오게 될지도 몰라.

그래서 너한테 부탁하는 거야. 가끔은 병식이를 만나러 가줘. 대신 갈 때는 마스크를 꼭 끼고, 돌아와서는 손을 잘 씻어. 내가 도시를 떠난 뒤 병식이가 도대체 무엇으로 변하게 될지 나는 짐작조차 가지 않아. 그러니 너나 다른 놈들이 병식이를 자주 찾아줬으면 해. 우리가 그 녀석을 기억하지 않는다면 그 녀석은 무엇이었는지 짐작조차 되지 않을 것이 되어 우리에게 돌아올 테니까. 부탁한다.

장롱

김유철

1

"오래전 일인 것만은 분명해요."

김은 한숨을 내쉬며 말했다. 의자 등받이에 몸을 깊숙이 기댄 채 그는 한동안 블라인드 사이를 바라보았다. 열어놓은 창문으로 바람이 불어올 때마다 블라인드는 뒤엉키듯 펄럭이며 소리를 냈다.

"담배 피우실래요?"

송이 물었다. 김은 살며시 미소를 지으며 고개를 좌우로 흔들었다.

"지금 생각해도 이해가 안 되는 거예요."

송은 엣쎄를 입에 물다 말고 그를 바라보았다. 그는 여전히 미소를 짓고 있었지만 시선은 그녀의 셔츠 사이로 드러난 쇄골을 향했다.

"공포 같은 걸 느꼈나요?"

"공포? 흠… 맞아요, 공포…. 어쩌면 두려움이었는지도 모르지만."

"갑작스럽게 찾아온 공포? 두려움? 그런 건가요?"

"그리고 이해할 수 없는 일을 겪었죠."

불을 붙이고 길게 담배연기를 내뱉는 동안 김은 다리를 꼬며 자세를 고쳐 앉았다.

"주판을 뒤집어 롤러스케이트처럼 타고 다니는 것에 싫증이 날 때쯤이었어요. 이모부의 말이 생각난 거죠. 주판을 뒤집어 타고 다니면 장롱에 사는 귀신이 나타나 잡아간다는…. 어린 마음에 굉장한 충격에 빠졌던 것 같아요."

"집엔 당신 말고 아무도 없었나요?"

"바로 그거예요. 아무도 없었다는 거…. 처음엔 주판 타는 재미에 빠져서 집에 혼자 있다는 생각을 못했거든요. 그러다 이모부의 말과 함께 집에 나 외엔 아무도 없다는 사실을 깨

닫게 되었죠."

"아, 그 느낌 알 거 같아요…. 그래서 무슨 일이 있었던 거죠? 장롱 속에서 정말 귀신이라도 나타난 건가요?"

송이 상체를 앞으로 당기며 물었다. 그녀의 목소리는 여전히 상냥하고 경쾌했지만 '건가요?'라는 마지막 단어를 내뱉었을 때에는 자신도 모르게 목소리의 톤이 낮아졌다. 그녀는 미묘한 음정 변화에 신경이 쓰였지만 다행히 김은 알아차리지 못했다. 그는 다시 길게 한숨을 내쉬며 의자 등받이에 몸을 기댔다. 그가 자세를 바꿀 때마다 의자가 삐꺽거리는 소리를 냈다.

"그러니까…."

말을 하다 말고 김은 아랫입술을 질끈 깨문 채 송의 눈을 노려보았다. 그의 흰자위는 실핏줄로 충혈되어 있었다.

"이상한 건 기억이 나지 않는다는 겁니다. 정말 아무것도 기억할 수가 없어요."

"정확히 몇 살 때의 일이었죠?"

"제가 말씀드리지 않았나요?"

송은 고개를 끄덕이며 말을 이었다.

"오래전 일이었다고만 제게 말했어요."

"맞아요. 아주 오래전 일이었죠."

그가 손바닥으로 가볍게 자신의 허벅지를 치며 대꾸했다.

"그때 무슨 일이 있었던 거죠?"

"그러니까 그게… 정신을 차렸을 때 장롱 안이었어요. 전 벌거벗은 몸으로 웅크린 채 잠들어 있었죠…. 그뿐이에요. 그 이상 아무것도 기억하지 못하니까…."

송홧가루가 흩날리던 5월, 김은 송의 사무실을 찾았다. 창틀과 복도, 사각을 이루는 건물의 모서리마다 어김없이 노란색 송홧가루가 쌓여 있었다. 재선충으로 전국의 소나무가 벌겋게 말라죽어가던 때였다.

김은 반듯한 정장차림을 한 전형적인 한국의 중년 남성이었다. 명함을 건네는 그의 눈은 존 말코비치처럼 차가우면서도 우수에 차 있었고 물론 머리숱도 없었다. 잘생긴 얼굴은 아니었지만 어딘지 호감이 가는 사람이었다. 선한 눈매 때문일 수도 있고, 아니면 그의 차분한 말투와 목소리 때문일 수도 있었다.

김이 갑자기 좁고 밀폐된 공간에 두려움을 느끼기 시작한 건 일주일 전부터였다. 그날 아침, 그는 여느 때처럼 아내가 만들어준 토마토주스를 마시고 출근 준비를 했다. 엘리베이터를 타고 현관으로 내려와 공용주차장으로 걸어가던 김은 우연히 재활용 쓰레기장에서 폐지 줍는 할아버지와 마주쳤다. 낡은 벙거지 모자에 검은 피부를 가진 할아버지의 시선이 재활용장에 있는 가구로 향했고, 얼떨결에 김도 따라 눈길을 돌렸다. 짙은 브라운톤의 체리원목으로 만든 수입산 옷장이 그곳에 우두커니 놓여 있었다. 김은 곧장 경비실로 가서 옷장에 대해 물었다.

"저기 있는 가구는 어느 동에서 나온 거죠?"

난감한 표정의 경비원이 손사래를 치며 대답했다.

"곧 치울 거예요. 조금만 참아요."

"그게 아니라… 제가 구입했으면 해서요."

경비원의 얼굴이 하얗게 변했다. 믿기지 않는다는 표정으로 김에게 반문했다.

"그 사건을 모르고 있는 거요?"

"사건이라뇨?"

경비원의 말을 빌리자면 일주일 전 107동에 사는 노인이 살해당한 채 발견되었다. 범인은 그의 아들로 상속문제를 놓고 갈등이 있었다. 그제야 김은 어렴풋이나마 아내의 말이 떠올랐다.

'옆단지에서 살인사건이 일어났는데, 글쎄 범인이 친아들이래요.'

"노인의 시신이 발견된 곳이 저 옷장이랍니다. 단지에 소문이 자자해서…. 빨리 치워달란 민원이 많이 들어와요."

"구청엔 연락을 했나요?"

"오전 중에 가져가기로 했다던데…. 자세한 건 나도 몰라요."

"여기 인터폰 좀 쓰겠습니다."

김은 경비실에 딸린 인터폰으로 직접 관리사무소 소장과 통화를 한 뒤 옷장을 처리할 수 있게 허락을 받았다.

"소장이 그러더군요. 가족들에게 옷장만 버려달라는 부탁을 받았다고요…. 그래서 직원에게 연락해서 출근길에 가져가야 할 옷장이 있다고 말했어요."

"꺼림칙하지 않았나요?"

"뭐가 말입니까?"

송을 바라보는 김의 얼굴은 무표정했다.

"옷장 속에서 시신이 발견되었는데…."

"아, 그거요…."

김이 송을 보며 알 수 없는 미소를 지었다.

"처음엔 단지 잘 만든 고가구라고만 생각했어요."

그러다 옷장 가까이 다가가는 순간 깨달을 수 있었다. 어떠한 힘에 이끌려 자신이 옷장으로 향했다는 사실을. 송이 왜 '어떠한 힘에 이끌려' 옷장을 보게 되었냐고 물었을 때 김은 대답하지 않았다. 다만 '뭔지 모를 슬픔을 느낄 수 있었어요'라고 어색한 변명을 늘어놓았다. 그날 이후 김은 체리원목의 옷장이 머릿속에서 떠나지 않았다.

"그 이후부터였나요?"

"네, 그때부터예요. 엘리베이터만 타도 가슴이 답답해졌죠."

"모든 게 그 옷장 때문이었군요…. 그런데 이유가 뭘까요?"

김은 잠시 동안 침묵을 지켰다. 이때만큼은 그가 무슨 생각을 하는지 짐작할 수 없었다. 다만 자신의 귓불을 만지거나 다리를 떠는 등 불안한 모습을 보였다.

"옷장을 보는 순간 이모집에 있던 장롱이 생각났어요."

"모양이 비슷했나요?"

"네?"

"체리원목으로 만든 옷장 말예요. 그게 어릴 적 갇혀 있었던 장롱과 비슷했냐구요."

김은 고개를 좌우로 흔들며 '모르겠어요. 기억나지 않아요'라고 대답했다.

"하지만 목소리를 들었거든요."

"옷장 안에서요?"

그는 다시 귓불을 만지작거리기 시작했다.

"늙은 남자의 목소리였어요."

설마 살해된 할아버지는 아니겠지.

"무슨 소릴 들있는데요?"

그때 갑자기 김이 소파에서 일어났다.

"그만 가봐야 할 것 같아요, 선생님. 가슴이 너무 답답하거든요."

2

　김에게 올란자핀 성분이 들어간 자이프렉사를 처방했다. 세 번의 상담을 통해 송은 김이 폐소공포증 외에도 조현병(정신분열증)을 앓고 있다고 조심스럽게 판단했다. 조현병의 흔한 증상 중 하나인 환청의 구체적인 내용은 언급하지 않았지만, 송은 그가 귓불을 만지는 행위에서 다른 사람의 목소리를 듣고 있다고 확신했다. 과대망상도 분열증의 증상 중 하나였다. 송은 김과 나누는 대화 중에서 어느 것이 진실이고 거짓인지를 판별해야만 했다. 예를 들어서 장롱에 귀신이 있다고 했던 이모부는 처음부터 존재하지 않는 사람이었다. 김의 이모는 결혼을 하지 않고 평생을 독신으로 살았다. 반면 존속살인은 실제로 일어난 사건으로 한동안 장안의 화제가되었다. 유명세를 탄 덕분에 인터넷 검색을 통해 옷장의 사진도 어렵지 않게 구할 수 있었다. 사진 속의 옷장은 김이 묘사했던 것과 비슷한 외형이었고, 그가 사는 아파트단지 내에서 일어난 살인사건이 틀림없었다. 하지만 왜 옷장을 통해서 김이 유년시절을 떠올리게 되었는지는 알 수 없었다. 옷장속에서 들었다는 목소리에 대해서도 그는 입을 다물었다. 물론 송은, 김과 비슷한 증상의 환자를 만난 적이 있었다. 30대 초반의 이혼녀로, 그녀는 성경에 나오는 욥처럼 자신에게도 엘리파즈와 빌닷, 초파르 같은 친구들이 계속해서 말을 걸어온다고 했다. 자신이 불행해질 수밖에 없는 이유를 끊임없이 늘어놓으며 절망의 구렁텅이로 몰아간다며 힘들어했다. 두 사람 모두 언어성 환청에 시달렸지만 여자 환자의 경우엔 뚜렷한 원인을 추정할 수 있었다. 이혼한 남편의 외도상대가 그녀의 친구였기 때문이다.

조현병 환자의 대부분이 그렇듯 그녀도 사회생활이 어려울 정도로 무기력감과 우울증에 시달렸다. 그러나 김은 현실과 망상 사이에서 아슬아슬하게 줄타기를 하면서도 외톨이로 지내진 않았다. 그는 평범한 40대의 가장으로 생활했으며, 유년시절에 겪었던 무서운 기억에도 불구하고 숭고가구점을 성공적으로 운영하고 있었다.

3

김이 다시 송을 찾아온 건 그로부터 일주일이 지난 뒤였다.

월요일 아침의 혼잡한 지하철을 뚫고 병원에 도착했을 때 로비에서 기다리던 그가 인사를 건넸다. 정장차림에 머리를 단정하게 빗어 넘긴 그의 몸에서는 진한 향수냄새가 났다.

"좋은 아침입니다, 선생님."

"기분은 좀 어떠세요?"

"처방받은 약 때문인지 답답증이 많이 나아졌어요."

"다행이군요."

면담을 위해 그와 사무실에 마주앉은 송은 먼저 날씨 이야기를 꺼냈다. 5월이지만 여름처럼 무더운 날이 이어지고 있었다. 병원에서도 낮 동안은 에어컨을 틀고 있다고 송이 덧붙였다.

"여름이 오면 모든 게 변할 거예요."

"뭐가요?"

"저도, 선생님도요."

송은 그의 말속에 담긴 뜻이 뭘까 하고 잠시 생각했다. 김은 어느 때보다 기분이 좋아 보였다. 조울증 역시 분열증 환자에게서 흔히 볼 수 있는 증상이었다. 그런 김을 바라보는 송의 마음은 초조해지기 시작했다. 집 앞에서 우연히 옷장을 발견하던 순간부터 잠재되어 있던 그의 정신병적 인자가 빠르게 악화되고 있었다. 원인을 알아내지 않는 한 증세는 계속해서 나빠질 가능성이 많았다. 자이프렉사 같은 효과적인 약이 개발되었지만 마음의 상처까지 치유할 수는 없는 거니까.

"그동안 좋은 일이 있었나봐요?"

"이모가 동의를 해줬거든요."

뒤이어 그는 이모에 대한 이야기를 늘어놓았다. 자식도 없이 혼자 살아가던 이모가 요양병원에 들어갔다는 것과, 고희를 넘긴 그녀가 치매 초기증세를 보이고 있어서 고민이라는 말까지.

"일주일에 두 번씩 가정부가 찾아가는데 자꾸 도둑으로 몰았나봐요. 집안에서 물건이 없어진다고…. 새벽에 저에게 전화를 거는 횟수도 늘어나고 있었고요."

"전화를요?"

"외할아버지가 어디로 사라졌는지 묻곤 하거든요. 가슴 아픈 일이에요."

"외할아버지요?"

"네. 평생을 한집에서 같이 살았어요."

"외할아버지는 어떻게 되신 건데요?"

김은 고개를 좌우로 흔들면서 덧붙였다.

"저도 몰라요. 갑자기 행불자가 되셨다는 사실 외엔….."

이모를 돌봐줄 자식이 없기 때문에 가족들과 그 문제를 상의할 수밖에 없었다. 아직은 초기증세에 불과하지만 알츠하이머는 병의 진행 속도를 늦출 순 있어도 완치는 할 수 없는 퇴행성 질환이기 때문이다.

"그래서 더 늦기 전에 시설이 좋은 요양병원으로 가는 것이 가족들을 위해서도, 이모를 위해서도 좋은 방법이란 걸 깨달았던 거죠. 이모 앞으로 나오는 연금이 있어서 병원비 걱정을 할 필요도 없으니까."

"다행이네요."

김은 고개를 끄덕이며 '정말 다행인 거죠'라고 대꾸했다.

"그럼, 이모님이 살던 집은 어떻게 되는 건가요?"

송이 호기심 어린 눈으로 김을 바라보았다.

"그 집은….."

길게 숨을 내쉬며 그가 말을 이었다.

"이모는 제가 상속받기를 원하세요."

"오래된 집이라고 들었던 것 같은데."

김은 고개를 끄덕이며 대답했다.

"외할아버지가 젊었을 때 직접 설계해서 지은 집이니까요.

그래서 천장이 높고 일본식 정원과 연못도 있죠."

"그 집을 어떻게 하실 생각이세요?"

"글쎄… 고민이에요. 세금문제도 있는 거니까."

"이모님까지 떠났으니…. 그럼, 또 혼자가 되는 거네요. 그 집에서는요."

송이 농담처럼 말을 건넸지만 김의 표정은 어두워졌다. 귓불을 만지작거리며 다리를 떨기 시작했다.

"무슨 말씀인지…."

"전 그곳에서 무슨 일이 있었는지 알고 싶어요. 김의 치료를 위해서도 필요한 일이기도 하구요."

김의 눈동자가 빠르게 좌우로 흔들렸다.

"정말 기억을 못하는 거예요? 아니면…."

"오래전 일이었어요."

"옷장 속의 목소리는 뭐라던가요?"

"말할 수 없어요."

"왜죠?"

도리질을 치며 김이 입을 열었다.

"모르는 편이 나아요. 안 그러면 그가 선생님에게 찾아갈지도 모르니까."

4

특별한 일이 없는 한 송은 자가용을 끌고 다니지 않았다. 15년이 넘는 운전경력을 가지고 있었지만 여전히 핸들을 잡는 데 익숙하지 않았다. 징오를 넘어서면서 에어컨을 틀어야 할 만큼 날은 무더워졌다. 강원도 정선을 지나칠 때쯤 내비게이션 화면에 병원까지 15분 남았다는 표시가 떴다. 1차선 국도로 들어서자 회색 콘크리트 대신 가로수길이 나타났다. 송이 차창을 내리자 아까시나무의 달콤한 향이 코끝에 맴돌았다.

병원은 작은 둔덕 위에 세워져 있었다. 재개발 지역으로 묶인 구도심지를 지나 외곽지역으로 30분 정도 차를 몰고 나가자 방풍나무들 사이로 붉은색 벽돌 건물이 나타났다. 주차장에 차를 세우고 병원 현관으로 걸어가 접수대에 앉아 있는 직원에게 명함을 내밀었다.

"아, 어제 전화주셨던 의사 선생님?"

송이 고개를 끄덕이자 통통한 얼굴의 여직원이 인터폰으로 누군가를 호출했다. 곧 간호복장을 한 40대 여성이 다가와 인사를 건넸다.

"명순 할머니는 1인실을 사용하세요. 5층으로 올라가시죠."

엘리베이터 안에서 그녀는 김의 이모에 대해 주절거리기 시작했다.

"칠십이라는 나이가 믿기지 않을 만큼 동안인 데다 여태껏 그렇게 예쁜 할머니를 본 적이 없어요. 이곳에 계시는 할아버지들도 모두 그 할머니 땜에 난리예요."

"병원 생활은 어떠세요. 치매 증상이 있다고 들었는데."

"입원하신 날부터 신경정신과 선생님과 면담을 하고 있어요. 다음주엔 MRI를 찍을 예정이구요…. 하지만 대화를 나누는 덴 지장이 없을 거예요. 가끔 시간을 혼동하거나 이름을 헷갈리는 경우가 있긴 하지만."

그때 엘리베이터 문이 열렸다. 송은 간호사의 뒤를 따라 503호실 앞으로 걸어갔다. 간호사는 노크를 두어 번 한 뒤 병실 문을 열고 안으로 들어갔다. 1인실은 생각보다 넓은 편이었다. 숲이 내려다보이는 창밖 풍경도 마음에 들었다. 노란 스웨터를 걸친 김의 이모는 창가와 마주보고 있는 소파에 앉아 음악을 듣고 있었다. 간호사의 말대로 나이를 분간할 수 없을 만큼 동안이었다.

"어제 통화하셨죠? 조카님 문제로 의논할 일이 있다고…. 방금 서울에서 내려오셨어요."

그녀가 간호사와 송을 번갈아 봤다. 송이 먼저 그녀에게 인사말을 건넸다.

"조카분의 정신과 상담을 맡고 있는 송한나예요. 반갑습니다."

"조카에게 무슨 일이 생긴 건가요?"

그녀가 걱정스러운 표정으로 물었다.

"아닙니다. 최근 들어 약간의 불안장애가 생겼을 뿐이에요."

"불안장애요?"

"사회가 복잡해지면서 이런 증상을 호소하는 중년 남성분들이 많아졌거든요."

송은 명순을 안심시킨 뒤 맞은편 소파에 앉았다. 간호사가 '필요한 게 있으면 침대 옆에 있는 초록색 버튼을 눌러주세요'라고 말한 뒤 병실을 나갔다. 두 사람만 남게 되자 그녀는 스피커의 볼륨을 줄이며 송에게 질문을 던졌다.

"그 때문인가요? 저를 만나고 싶었던 이유가?"

김을 돌려보낸 뒤 송은 그의 아파트단지에서 일어난 존속살인에 대한 기사를 인터넷으로 꼼꼼하게 검색했다. 김과 사건 피해자의 연관성을 찾기 위해서였다. 하지만 두 사람 사이에 공통점은 없었다. 그가 말했던 장롱귀신과 살해된 노인에 대해서도 마찬가지였다. 그다음 떠오른 사람이 김의 이모였다. 치매증상이 있다곤 하지만, 그녀라면 김의 유년시절을 어느 정도 기억하고 있을 거라는 기대감이 들었다. 면담 중에 김이 말했던 요양병원의 이름을 기억하고 있다가 전화를 걸었다. 다행히 그 요양병원의 의사 중에 학교선배가 있어서 도움을 받을 수 있었다.

"네. 치료가 늦어지기 전에 알고 싶었거든요. 조카분의 봉인된 기억 속에 담긴 진실을요."

"봉인된 기억이라니…?"

그녀는 이해할 수 없다는 듯 송을 바라보았다.

"그가 말하더군요. 어렸을 적에 이모집 안방에서 일어났던 이상한 일에 대해서요…. 장롱귀신이라고… 혹시, 들어본 적 있으세요?"

"장롱귀신?"

"주판을 뒤집어 타고 다니면 장롱에서 귀신이 나타난다고 이모부가 말을 했다더군요."

"그럴 리가요. 전 결혼한 적이 없어요."

그 순간 명순의 눈가가 발갛게 물들기 시작했다. 송은 그녀가 안정을 찾을 때까지 옆에서 조용히 지켜볼 수밖에 없었다. 한동안 침묵을 지키던 명순이 천천히 몸을 일으켜 침대 옆 수납장으로 향했다. 걸음을 옮길 때마다 그녀의 몸이 가볍게 좌우로 흔들렸다.

"가끔 조카는 아버지를 이모부로 착각하곤 했죠."

"아버지라면… 조카분의 외할아버지를 말씀하시는 건가요?"

"네."

그녀는 고개를 끄덕이며 말을 이었다.

"그 집에서 사고가 있었어요. 어린 조카는 기절한 채 발견되었고 아버지는 흔적도 없이 사라졌죠. 그 사건 이후 아이는 자주 환청을 듣곤 했어요."

"아…."

되돌아온 명순이 열쇠와 집주소가 적힌 메모지를 송에게 내밀었다.

"이게 뭔가요?"

"그때 이후로도 가끔 이상한 일이 집에서 일어나곤 했던 것 같아요. 특히 조카는 그 집에만 오면 분열증 증세가 심해지곤 했으니까요…. 조카에 대해 알고 싶으시다면 그 집을 가보는 게 도움이 될지도 모르겠어요."

그제야 송은 그녀가 건네주는 열쇠와 메모지를 받아들었다. 명순은 송에게 살며시 미소를 지은 뒤 노란 스웨터의 옷깃을 여미며 언제 그랬냐는 듯 편안한 표정으로 음악을 듣기 시작했다. 스피커의 볼륨을 높이자 '네순 도르마'가 병실 안에 울려 퍼지기 시작했다.

5

내비게이션에 찍은 주소를 따라 송은 마을 깊숙이 차를 몰았다. 한때 도심의 랜드마크나 다름없었던 유럽식의 백화점 건물은 낡고 초라해 보였다. 인터넷 쇼핑몰의 발전으로 백화점을 드나드는 고객들은 점점 더 줄어들고 있었다. 오벨리스크 형태의 위령비를 지나 체육공원 방향으로 40분가량을 달리자 아스팔트도로가 끝나는 지점이 나타났다. 도심에서 그리 멀지 않은 지역이었지만 인적이 없는 데다 주변이 숲으로 둘러싸여 오지 같은 느낌이 들었다. 오래전부터 재개발 구역으로 묶여버려서 사람들의 발길이 끊어졌는지도 몰랐다. 비상깜빡이를 켜고 비포장도로를 지나 다시 바람골이라는 곳으로 향했다. 15분 정도 더 들어가자 길 좌우로 작은 논과 텃밭이 드문드문 나타나기 시작했다. 건물이라곤 슬레이트지붕을 얹은 폐가뿐이었다.

그리고 비포장도로가 끝나는 곳에 2층의 낡고 오래된 저택이 있었다. 둘레는 담쟁이덩굴로 뒤덮인 2미터 높이의 돌담이 둘러싸고 있었고, 바닥과 이어진 모서리 부분에는 들꽃이 아름답게 꽃망울을 피웠다. 송은 차를 길옆에 주차시킨 뒤 돌담을 따라 대문 앞으로 향했다.

녹슨 창살문이 굳게 닫혀 있었다. 송은 명순이 건네준 열쇠 중 하나를 뽑아 창살문 사이의 자물쇠에 끼워 넣었다. 철거덩거리며 자물쇠가 풀리자 문이 저절로 열렸다. 대문 현관에서부터 잡풀이 무성하게 자라 있었고, 연못은 오래전에 메말라버린 것처럼 바닥이 드러나 보였다. 왜정시대의 일본식 주택처럼 지붕은 기와를 얹어 고즈넉했다. 미닫이로 된 현관문을 다른 열쇠로 열고 안으로 들어갔다. 곰팡이냄새가 희미하게 풍기는 거실엔 두꺼운 커튼이 드리워져 있었다. 벽에 붙어 있는 전등스위치를 찾아 눌렀지만 불은 들어오지 않았다.

거실 커튼과 창문을 열어 환기를 시켰다. 오후 4시를 조금 넘긴 시각이었지만 흐린 날씨 탓에 집안은 어둡고 습했다. 나무로 된 거실 바닥재는 발을 디딜 때마다 삐걱거리며 소리를 냈다. 어디선가 괘종시계의 똑딱이는 소리가 들려왔다. 낡고 오래된 집이라는 걸 금세 알 수 있었다. 거실 한편에 있는 흔들의자가 인상적이었다. 명순은 저 의자에 앉아 음악을 들으며 하루의 대부분을 보냈을지도 모른다. 그리고 이곳 어디에선가 김은 낡은 주판을 롤러스케이트처럼 타고 다녔을 것이다. 그때 누군가 김에게 장롱귀신에 대해 말해주었다.

후드득하고 빗방울 떨어지는 소리가 사방에서 울렸다. 송은 열어놓은 창문을 다시 닫고 부엌 싱크내로 가 물을 마셨다. 정말 장롱귀신이라도 나올 것 같은 분위기여서 절로 웃음이 나왔다. 바보같이 쫄긴….

그녀는 머그컵을 씻어 제자리에 올려놓고 거실과 마주보고 있는 문 앞으로 걸어가 손잡이를 돌렸다. 하늘색 타일이 깔린 화장실이었다. 리모델링을 했는지 변기와 세면기, 샤워시설이 제대로 갖추어져 있었다. 거실을 가로질러 이번엔 맞

괴이한 미스터리

은편 방으로 걸어갔다. 미닫이로 된 문을 한쪽으로 밀어내자 일본식 다다미방이 나타났다. 실내가 어두워 송은 휴대폰으로 불을 밝혔다. 오래된 재봉틀과 낡은 LP판이 제일 먼저 눈에 들어왔다. 24인치 정도 되어 보이는 텔레비전이 벽에 걸려 있었다. 송은 낡은 서랍장 앞으로 다가가 액자 속에 있는 사진들을 살폈다. 흑백사진 속의 젊은 명순은 감탄이 나올 만큼 아름다웠다. 김의 어릴 적 사진도 있었다. 함께 찍은 가족사진에서는 한 남자의 얼굴이 시커멓게 그슬려 있었다. 라이터나 성냥으로 얼굴 부위만 태워버린 것 같았다. 그는 명순의 옆에서 어린 김을 안고 있었다. 그녀가 독신이었던 걸 감안하면 사진 속의 남자가 외할아버지일 가능성이 많았다. 장롱귀신에 대해 말해준 사람도 그였을까? 송은 서랍장의 첫 번째 칸을 열어봤다. 서랍 안에 검은 표지의 앨범이 들어 있었다. 모서리가 닳아버린 앨범을 꺼내 펼쳤다. 누군가의 결혼식 사진, 아이들 사진, 이름 모를 사람들의 사진들이 연도별로 잘 정리되어 있었다. 하지만 그곳에서도 역시 남자의 얼굴은 불에 그슬려 알아볼 수 없었다. 누가 이런 짓을 했을까? 앨범 밑에서 오동나무 케이스를 발견했다. 송은 조심스럽게 오동나무 케이스를 집어 들었다. 케이스 표면은 사람의 손을 많이 타지 않은 듯 매끈거렸다.

'뭐가 들어 있을까?'

호기심 어린 얼굴로 오동나무 케이스를 바라보고 있는데, 2층에서 이상한 소리가 들려오기 시작했다.

'끼끼긱.'

바닥을 긁어대는 소리 같았다. 송은 자신도 모르게 휴대폰을 양손으로 움켜잡았다.

드르륵, 드르륵. 이번엔 무거운 물건을 옮길 때 나는 소리가 들렸다. 송은 조심스럽게 2층 계단을 올라갔다. 일자형 복도가 창문과 맞닿아 있었다. 빗줄기가 창문을 두들겨대면서 후드득 소리를 냈다. 멀리서 '쿠쿵'거리는 천둥소리가 낮고 아득하게 울렸다. 분위기 제대로네. 송은 심호흡을 하고 나서 큰소리로 말했다.

"누구 있어요?"

하지만 아무런 답변도 돌아오지 않았다. 송은 조심스럽게 2층의 미닫이문을 열었다. 1층과 달리 방부제나 나프탈렌 같은 약품 냄새가 풍겨왔다. 방안이 어두워 휴대폰을 손전등처럼 사용해서 조심스럽게 안으로 들어갔다. 열 평 남짓한 넓은 방에는 옷장 하나만 덩그러니 놓여 있었다. 그쪽 부분만

벽지와 바닥이 변색되지 않은 걸 보니 장롱이 있었던 자리 같았다. 가슴이 두근거렸다. 기분 탓인지 옷장 속에서 어떤 소리가 들리는 것만 같았다.

짙은 브라운톤의 체리원목. 김이 아파트단지에서 발견했던 장롱이라는 걸 금세 알 수 있었다. 어떻게 김이 말하던 장롱이 이곳에 있는 걸까? 이해가 되지 않았다. 김이 이곳으로 장롱을 가져왔다면 그 이유가 뭔지 궁금했다. 장롱 속의 목소리에게 명령이라도 받은 것일까? 그때 또다시 기분 나쁜 소리가 들려왔다. 끽끽, 끽끽. 장롱 안에서 누군가가 긁어대는 소리 같았다. 정말 장롱귀신이 존재할 리는 없잖아. 김은 이제껏 환청에 시달렸을 뿐이야. 송은 장롱 바로 앞까지 다가가 손잡이를 잡고 힘차게 문을 열었다.

6

눈을 떴을 때 사방은 어둠에 묻혀 있었다. 주위를 더듬거리며 휴대폰을 찾았다. 무슨 일이 있었는지 기억나지 않았다. 시간이 얼마나 흐른 것일까? '제길.' 송의 입에서 저절로 욕설이 튀어나왔다. 생리를 할 때처럼 컨디션이 좋지 않았다. 상체를 일으키자 현기증과 함께 구토가 밀려왔다. 발끝에 떨어져 있는 휴대폰을 겨우 찾아 화면을 터치했다. 저녁 6시. 송이 정신을 잃은 동안 두 시간이 감쪽같이 흘러가 있었다.

옷장은 여전히 닫혀 있었다. 하지만 어디선가 비린 냄새가 풍겨왔다. 아들에게 살해당한 할아버지의 피 냄새일지도 몰랐다. 순간 뒷골이 서늘해졌다. 송은 뒤돌아서서 1층으로 뛰어 내려갔다. 서랍장 위에 올려둔 오동나무 케이스를 들고 밖으로 나왔을 땐 다행히 빗줄기가 가늘어져 있었다. 송은 운전석에 앉아 안전벨트를 매고 시동을 걸었다. 내비게이션을 요양병원으로 설정하고 전조등을 켰다. 늦어도 8시까지는 병원에 도착해야만 해. 송은 병원의 면회시간을 떠올리며 혼잣말처럼 내뱉었다. 좁은 길을 따라 마을 입구를 빠져나길 때 송의 휴대폰이 진동을 시작했다. 휴대폰 화면에 요양병원의 전화번호가 떴다. 그녀는 차를 갓길에 세우고 휴대폰의 통화버튼을 눌렀다.

"네."

"병원이에요, 송 선생님…."

간호사의 목소리가 떨리고 있었다. 송은 불길한 예감에 휩

싸였다.

"명순 할머니한테 무슨 일이 생긴 건가요?"

"할머니가 좀 전에…."

간호사는 잠시 동안 흐느껴 울더니 힘겹게 다시 입을 열었다.

"5층 창문에서 떨어지셨어요…."

송은 한동안 휴대폰만 들고 있었다. 무슨 말을 꺼내야 할지 판단이 서지 않았다.

"자살인가요?"

"그게… 조카분이 와 계셨는데…. 병실 안에서요…."

'김이요!'

하마터면 그렇게 외칠 뻔했다.

7

유치장 속의 김은 초췌한 얼굴이었다. 30대 후반의 형사는 건장한 체격에 스포츠머리를 하고 있었다. 그는 담배를 문 채 송에게 넌지시 말을 건넸다.

"지금까지 한마디도 하지 않았어요."

"저녁은요?"

형사가 고개를 좌우로 흔들며 대답했다.

"아직…. 물 한 방울 마시지 않더군요. 의사 선생님께서 한 번 만나보시겠습니까?"

"둘만 있고 싶은데요."

"취조실도 괜찮으시다면."

네 평 정도의 밀폐된 방이었지만 두 사람이 대화를 나누기 엔 알맞은 장소였다. 김은 양손에 수갑을 찬 채 젊은 경관과 함께 취조실 안으로 들어왔다. 송이 경관에게 수갑을 풀어줄 수 없냐고 묻자 그는 말없이 고개를 끄덕이며 김의 손목에서 수갑을 풀었다.

젊은 경관이 나가고 두 사람만 남게 되자 송은 제일 먼저 가지고 있던 생수병을 그에게 내밀었다. 김은 언제나처럼 말 끔한 정장차림이었다.

"선생님도 제가 이모님을 죽였다고 생각하세요?"

송은 고개를 좌우로 흔들었다. 잠시 두 사람 사이에 침묵 이 지나갔다.

"제게 하실 말씀은 없으세요? 계속 그렇게 말을 하지 않으면 형사들이 진짜 김을 이모님 살인범으로 몰고 갈 수도 있어요."

"정말 모르시는군요."

김은 고개를 좌우로 흔들었다.

"무슨 말이죠?"

"이모님이 시켰잖아요."

"뭘요?"

하다 말고 송은 그녀가 건네주었던 집 열쇠를 떠올렸다. 김의 얼굴이 순간 어둡게 변했다.

"거기서 이상한 경험을 하진 않았어요?"

"아뇨…."

송은 말을 하다 말고 멈칫거렸다. 2층에서 들리던 소리, 그리고 그 소리를 듣고 올라간 방에서 발견한 장롱과 두 시간 동안의 기억상실. 그런 이야기를 이곳에서 김과 나눌 수는 없었다.

"말하지 않아도 돼요. 하지만 명심하세요. 이제부터 의사 선생님에게 이상한 일들이 일어날 거라는 사실을요."

"무슨 소리죠?"

그때 갑자기 김이 송에게 달려들었다. 당황한 송이 의자에서 일어나려고 했지만 김의 동작이 더 빨랐다. 의자와 함께 뒤로 넘어지면서 머리를 바닥에 부딪쳤다. 김이 그녀의 목을 조르는 시늉을 하면서 귓속말로 속삭였다.

"왜 그 집에 간다고 한 거예요!"

취조실 문을 열고 형사들이 뛰어들어왔다. 그들은 김의 멱살을 잡고 일으킨 뒤 팔을 꺾었다. 등뒤로 수갑을 채우는 동안 다른 형사가 송에게 다가와 물었다.

"괜찮으세요? 선생님!"

송은 말없이 고개를 끄덕였다.

8

외과의사로부터 가벼운 뇌진탕 증세가 있다는 소견을 들었다. 의사가 처방해준 두통약과 신경안정제를 받아들고 집으로 돌아온 송은 샤워를 한 뒤 곧장 침대로 들어갔다. 커튼을 치고 신경안정제도 먹었지만 좀처럼 잠이 오지 않았다. 아무래도 김의 마지막 말이 신경에 거슬렸다.

'왜 그 집에 간다고 한 거예요!'

그녀는 고개를 좌우로 흔들었다. 하지만 여전히 찜찜한 기분이었다. 그 집에서 두 시간 동안 무슨 일이 있었는지 기억나지 않는 탓이다. 장롱 문을 여는 순간, 어떤 이유에선지 정신을 잃었고 두 시간 뒤에 깨어날 수 있었다. 정신을 차린 후의 첫 느낌은 수면내시경을 했을 때와 비슷했다. 이유도 없이 구역질이 나왔고 생리를 할 때처럼 몸 여기저기가 아프고 기분이 좋지 않았다.

'김의 어릴 적 경험과 비슷했어. 우연일까?'

뒤이어 송은 혼잣말처럼 '장롱귀신'이라고 중얼거렸다. 장롱귀신. 그녀는 되풀이해서 장롱귀신이란 단어를 읊조리다가 피식하고 웃음을 터뜨렸다.

"도대체 무슨 생각을 하고 있는 거야."

송은 의사가 처방해준 신경안정제 한 알을 물과 함께 다시 삼켰다. 그제야 약 기운이 조금씩 도는 것 같았다. 눈꺼풀이 차츰 무거워지고 있었다. 그때 문득 그곳에서 가져온 오동나무 케이스가 눈에 띄었다. 화장대 위에 올려두었던 케이스의 짙은 명암이 인상적이었다. 송은 침대에서 몸을 일으켰다. 이유도 없이 가슴이 뛰기 시작했다. 화장대 앞으로 다가

간 그녀는 오동나무 케이스의 틈새에 손톱을 끼워 넣었다.

케이스 안에는 낡은 주판과 사진이 들어 있었다. 송은 한동안 케이스 안의 색이 바랜 흑백사진과 주판을 내려다봤다. 어린 김이 타고 다녔던 주판일 가능성이 많았다. 송은 주판 옆에 세로로 세워져 있던 사진을 집어 들었다. 요양원에서 만났던 젊은 시절의 이모와 김이라고 생각되는 어린 아이, 그리고 얼굴이 불에 그슬려 있던 남자의 온전한 사진이었다. 그런데 이상하게 남자의 얼굴이 낯설지 않았다.

"그럴 리가 없어."

혼잣말처럼 내뱉으며 송은 흑백사진을 들고 책상 앞으로 걸어갔다. 스탠드 등을 켜고 그 아래에 사진을 가져가 다시 한 번 남자의 얼굴을 꼼꼼하게 살폈다. 그러다 송은 백지장처럼 창백해진 얼굴로 뒷걸음질을 쳤다. 그와 동시에 휴대폰이 드르륵거리며 진동을 했다. 얼이 빠진 사람처럼 송은 휴대폰을 얼굴에 가져갔다.

"여보세요."

"낮에 서에서 보셨죠? 배 형삽니다. 의사 선생님."

"아, 네…."

떨리는 목소리로 송이 겨우 대답했다.

"지금 바람골에 나와 있는데요. 의사 선생님 말씀과는 달리 2층에서 장롱을 발견할 순 없었습니다."

"그럴 리가요⋯."

말을 하다 말고 송은 온몸에 소름이 돋는 걸 느꼈다. 숨이 턱밑까지 차올랐다. 집안 어디선가 끼리릭거리는 날카로운 소리가 들려왔기 때문이다. 송은 얼어붙은 듯 한동안 몸을 움직일 수 없었다. 분명 김의 이모집에서 들었던 소리였다. 그녀는 휴대폰을 침대 위에 던져버리고 곧장 부엌으로 뛰어가 냉장고 문을 열었다. 플라스틱 생수병을 입으로 가져가 물을 벌컥거리며 마셨다. 그때 다시 기분 나쁜 소리가 들려왔다. 송은 주위를 두리번거리다 작은방 쪽으로 시선을 돌렸다.

"절대로 그럴 리가 없어!"

하지만 그녀는 소리에 이끌리듯 한 걸음씩 방문을 향해 다가갔다.

'끼끼끼, 끼리릭.'

또다시 방안에서 소리가 들렸다. 호흡을 멈춘 채 송은 잠시 동안 문 가까이에 귀를 가져갔다. 더이상 기분 나쁜 소리는 들리지 않았다. 대신 사람의 목소리처럼 누군가가 속삭이고 있는 것 같았다. 하지만 너무 작아서 알아들을 수 없었다.

송은 천천히 작은방의 손잡이를 돌리기 시작했다.

낮달

한새마

헬리콥터 한 대가 철제 바리케이드 위를 맴돌았다. 흰색 방호복 차림의 군인들이 생수나 쌀 같은 걸 폐허로 떨어뜨려 주는 상상을 했다. 상상만으로도 목이 마르고 배가 고팠다. 나는 멀어지는 헬리콥터의 뒤꽁무니를 빨아먹을 듯이 노려보았다. 그러면 그렇지, 우리 같은 오염자들에게 나눠줄 구호품이 있을 리가 없지. 있었다면 이렇게 바리케이드를 치지도 않았을 것이다.

하늘이 얄미울 정도로 맑았다. 저번 비에 받아놓은 물을 거의 다 마셨다. 이미 오래전에 수도도 전기도 끊겼다. 물받이 페트병들을 찾아서 어두워지기 전에 엄마와 내가 숨어 지내는 폐창고로 돌아가야 한다.

무심코 거둬들이는 눈길에 낮달이 걸렸다. 낮달의 위쪽은 임신한 엄마 배처럼 둥글고 아래쪽은 희끄무레하게 부옇다.

"달은 낮에도 떠 있는데 사람들이 못 보고 지나치는 것뿐이야."

엊그제 개떼한테 물린 엄마는 며칠 동안 고열에 시달리다 아침부터는 오한이 들어 자리에서 아예 일어나질 못했다. 그래서 나는 난생처음 엄마 없이 바리케이드 안을 정찰하게 되었다. 정찰이라고 해서 딱히 특별한 게 있는 건 아니다. 그냥 적당한 고지대에 올라가 오염지역의 철거작업이 얼마나 진행됐는지 살펴보는 것이다.

월영시에서 오염도가 높은 지역에 바리케이드를 설치한 후 오염된 건물들에 대해 철거명령을 내렸다. 바리케이드 안에 살고 있던 오염자들은 쥐꼬리만 한 보상금을 받고 도시 밖 정화시설로 강제 이주되었다.

엄마와 나는 오염자들의 강제 이주가 한창일 때에 그 혼란을 틈타 바리케이드 안으로 몰래 들어왔다. 오염되는 것 정도는 감내해야 할 만큼 무서운 아저씨들한테 쫓기고 있었기 때문이었다.

나중에 안 사실이지만 시의 명령을 어기고 바리케이드 안에 숨어 지내는 사람들이 우리 말고도 더 있었다. 늙고 병들고 가난하여 운신조차 하기 힘든 사람들 말이다. 아마 바깥 사람들은 상상조차 못할 것이다. 3미터 높이의 철제 바리케이드 안에, 굴삭기와 트럭들이 마구 지나다니는 그곳에 우리 같은 오염자들이 살고 있다는 걸.

요 며칠 새 철길 위쪽의 청수목욕탕이 흔적없이 사라졌다. 목욕탕 맞은편 한일슈퍼도, 효성세탁소도 없어졌다. 그저 폐허만이 남아 있을 뿐이었다. 건물잔해와 폐기물, 온갖 종류의 생활쓰레기들이 뒤섞여 잿빛 융단처럼 깔려 있었다.

철거 속도가 생각보다 빨랐다. 일주일 뒤면 오염지역 철거반이 은신처인 폐창고까지 밀고 올라올 것 같았다. 엄마는 혼자서 일어날 수도 없는데, 큰일이었다.

폐허를 스쳐온 탁한 바람이 나를 휘감고 지나갔다. 오소소 소름이 돋았다. 반바지에 러닝셔츠 차림이라 그렇다. 몇 달 전부터 내내 입었던 옷이다. 반바지는 겨울에 입던 추리닝을 잘라 만든 것이고, 커서 입으나마나인 남성용 러닝셔츠는 빈 집에서 주웠다. 엄마는 내가 남자아이처럼 보여야 한다며 그냥 웃통을 까고 다니라지만 왠지 그건 싫다. 머리카락도 짧게 잘라서 얼마나 속상한지 모른다.

갑자기 발등이 간지러웠다. 내려다보니 커다란 바퀴벌레 한 마리가 삼선슬리퍼 속을 헤집다가 발가락 사이로 빠져나왔다. 쓰레기더미에서 주워 신은 슬리퍼가 조금 컸다. 발가락에 힘을 꽉 주고 걸음을 뗐다.

철골과 시멘트블록들이 쌓인 폐자재 언덕을 조심스레 밟고 내려왔다. 높이가 꽤 되었다. 아슬아슬하게 발을 내딛는 곳마다 시멘트모래들이 푸수수 떨어졌다. 미끄러질 것 같아 튀어나와 있는 철골을 손으로 움켜쥐려는 순간, 발아래가 무너져 내렸다. 내 키보다 더 높은 곳에서 곤두박질쳤다.

아, 아파, 아파.

머리끝부터 발끝까지 안 아픈 데가 없었다. 손가락, 발가락을 꼼지락거리며 이리저리 살펴보았다. 팔다리를 들었다가 내려보기도 했다. 모두 제대로 움직였다. 어디 부러진 구석은 없는 모양이었다. 크게 다치지 않아서 정말 다행이었다.

바리케이드 안에서는 약을 거의 구할 수가 없다. 용역들이 사는 북쪽지역에 몰래 들어가 약을 훔치는 방법도 있지만,

그러다 잡히면 죽을지도 모른다. 용역들은 바리케이드 안에 숨어 지내는 오염자들을 바퀴벌레만도 못하게 여긴다. 오염지역 철거주택조합에서 보상금을 한푼이라도 더 뜯어내기 위해 고용된 사람들이다보니 깡패나 조폭같이 험상궂게 생긴 건 기본이고 하나같이 힘깨나 쓰는 덩치들이다. 철거자들도 무서워 함부로 대하지 못한다. 용역들은 무법천지의 바리케이드 안에서 제일 무서운 존재라고 할 수 있다.

나는 동쪽지구 쪽방촌에서 딱 한 번 용역에게 붙들린 적이 있었다. 그 사람은 심지어 변이자였다. 오염자들 중에 간혹 폭발적으로 난폭해지는 이들이 생겨나기도 했는데 그들을 변이자라고 부른다. 용역들도 오염지구에서 오랫동안 생활하면 오염될 수밖에 없고 그렇기 때문에 용역들 사이에서도 변이자가 나올 수 있는 것이다. 법도 질서도 천륜도 거리끼지 않는 치들이 바로 변이자들이다.

바리케이드 생활을 시작한 지 얼마 되지 않았을 때였다. 쪽방들을 뒤지며 입에 넣고 삼킬 수 있는 거라면 무엇이든지 긁어모으고 있었다. 그때 괴상한 소리가 골목 안쪽에서 들려왔다. 우는 소리 같기도 하고 애원하는 소리 같기도 했다. 근처에서 엄마가 쓰레기더미를 뒤지고 있었기 때문에 나는 겁

없이 그 소리를 따라 걸어 들어갔다. 두려움보다는 호기심이 더 컸다.

컥컥대는 소리가 새어나오고 있는 방 앞엔 낡은 휠체어 한 대가 놓여 있었다. 보풀이 잔뜩 잡히고 땟국에 전 노란색 스웨터가 휠체어 등받이에 걸쳐져 있었다. 나는 썩어 버그러진 문틈에 한쪽 눈을 갖다 댔다. 흰 머리카락마저 듬성듬성한 고령의 할머니가 누워 있었다. 어차피 곧 죽을 목숨이라서 정화시설로도 가지 못하고 바리케이드 안에 남게 된 오염자였다. 잇몸만 남은 입을 벙긋거리며 할머니가 컥컥댔다. 누런 리놀륨 장판을 손톱으로 잡아 뜯으며 괴로워했다.

나는 그만 그 자리에 얼어붙고 말았다. 방안에는 할머니 혼자만 있는 게 아니었다. 벽돌처럼 각지고 단단한 남자가 거죽만 남은 몸을 찍어 누르고 있었다. 억센 두 손으로 한 움큼도 안 될 것 같은 할머니의 목을 쥐어짰다. 장판을 긁어대던 손이 멈췄고, 까뒤집어진 두 눈에 피눈물이 흘러내렸다.

"여기 숨어 있으면 못 찾을 줄 알고? 히히."

변성기를 거치지 않은 남자아이의 목소리였다. 바위처럼 크고 단단한 남자에게서 앳된 미성이 흘러나오니까 왠지 소름이 끼쳤다.

무서워 뒷걸음질치던 나는 그만 휠체어에 걸려 엉덩방아를 찧고 말았다. 휠체어가 넘어지면서 요란한 소리를 냈다. 남자가 한달음에 뛰쳐나왔다. 좀 전까지 할머니의 목을 졸랐던 손으로 내 머리끄덩이를 거머쥐었다. 머리가죽이 통째로 뜯겨나가는 듯한 통증에 남자가 끌고 가는 대로 따라갈 수밖에 없었다.

"으아아아악!"

비명소리를 듣고 달려온 엄마가 바닥에 뒹굴고 있던 소주병을 집어 힘껏 던졌다. 소주병은 남자의 눈두덩에 부닥쳐 박살이 났다. 남자가 바닥에 널브러진 스웨터를 주워 상처에 갖다 댔다. 노란 스웨터가 그새 피로 붉게 물들었다. 그 틈에 나는 재빨리 기어서 엄마한테로 가며 외쳤다.

"엄마, 이 사람 변이자야!"

우리는 어떻게든 남자에게서 멀리 도망치려고 했지만 임신 중인 엄마는 빨리 뛰지 못했다. 그건 며칠 굶은 나도 마찬가지였다. 그런데도 어쩐 일인지 남자는 우리를 쫓아오지 않았다. 대신 피를 철철 흘리면서 웃고 있었다. 치아 여덟 개가 다 보일 정도로 입꼬리를 끌어올려 활짝 미소 짓고 있었다.

"지금부터 내가 술래야? 히히, 재밌겠다. 하나… 두울…

세엣⋯."

그걸 보자 남자가 우리를 절대 포기하지 않을 거라는 불길한 생각이 들었다. 그 뒤로 나는 그 미친 변이자와 몇 번이나 마주칠 뻔했지만 내 쪽에서 먼저 발견한 덕에 몸을 숨길 수 있었다. 무법천지의 바리케이드 안에서 미친 변이자가 집요하게 우리를 찾고 돌아다니고 있다는 생각만으로도 뒷머리가 쭈뼛 섰다.

갑자기 축축하고 차가운 뭔가가 내 얼굴을 핥았다. 나는 소스라치게 놀라며 몸을 일으켰다. 시추 한 마리가 세차게 꼬리를 흔들어대고 있었다. 털이 엉켜서 목덜미에 머리를 하나 더 붙이고 있는 것처럼 보이는 오염견이었다. 엄마를 공격했던 개떼 속에서 봤던 놈 같았다. 나는 발딱 일어나서 시추 옆구리를 발로 걷어찼다. 머리 둘 달린 시추가 깨갱거리며 저만치 멀어졌다. 뭐가 아쉬운지 다리를 절룩거리면서도 입맛을 쩝쩝 다셨다.

야! 내가 개밥으로 보이냐? 어?

건강한 사람들이 자꾸만 바리케이드 안에 건강한 개들을 갖다버린다. 건강한 개들은 굶주리고 병들어 오염되고 저희끼리 떼를 지어 몰려다니면서 오염자들을 물어뜯고 공격한다. 피로 얼룩진 얼굴, 물어뜯긴 종아리, 썩어가는 상처들. 여기서 뭉그적거릴 시간이 없다.

빨리 물을 찾아 돌아가야 한다.

노끈으로 꿰어 허리춤에 찬 플라스틱 우유통을 치켜들고서 요리조리 살펴보았다. 깨지기라도 했으면 큰일이었다. 다행히 통 속에 조금 남아 있는 물이 새지 않고 찰랑거렸다.

접근금지라고 찍힌 노란 띠가 바람에 나부대고 있었다. 2층짜리 삼익맨션은 V자 모양으로 가운데가 주저앉았다.

건물 옆쪽으로 돌아 들어가자 녹슨 철봉대와 시소 받침만 남아 있는 모래터가 나왔다. 응달이라서 이끼와 버섯들이 잔뜩 돋아 있었다. 쪼그리고 앉아 허리춤에 홀쳐맨 검은 비닐봉지에다 우산 모양의 버섯들을 따서 담았다. 먹으면 몸이 커지는 동화 속 버섯이 생각났다. 이렇게 얌전하게 생긴 버섯도 치명적인 독을 품고 있을 수 있다. 먹을 수 있는 건가 엄마한테 물어봐야겠다.

모래터 가에 반쯤 파묻어둔 물받이 페트병들을 끄집어냈다. 페트병 위쪽을 잘라 몸통에 거꾸로 꽂아놓은 것인데 여러 겹의 천들로 구멍을 막은 일종의 간이 정수기다.

결혼 전 엄마는 보습학원에서 중학생을 가르치는 선생님이었다고 한다. 그래서 그런지 잡다한 상식들이나 재밌는 이야기들을 참 많이 안다.

굶주림에 잠 못 이루는 밤이면 엄마는 환상의 나라에 살고 있는 소녀들에 대해 이야기해줬다. 그런 밤엔 언제 무너질지 모르는 낡은 폐창고가 이야기 속 멋진 성들로 변했다. 때로는 카드병정들이 지키는 여왕님의 궁전으로, 때로는 노란 길을 따라가면 나타나는 에메랄드성으로….

나한테는 세상에서 제일 똑똑하고 재밌는 엄마다. 그런 엄마가 왜, 말보다 주먹이 앞서는 아빠 같은 사람하고 결혼을 했는지 정말 알 수가 없다.

허리에 차고 있는 우유통 뚜껑을 열이 페트병 속의 물을 조심스레 옮겨 담았다. 조르르 흐르는 물소리를 듣고 있자니 타들어가는 것처럼 목이 말랐다. 가벼운 어지럼증과 함께 눈앞이 흐릿해지면서 통 속의 물을 얼굴에다 쏟아붓고 있는 내 모습이 선명하게 떠올랐다. 수도꼭지처럼 쉴 없이 쏟아지는 물을 벌컥거렸다. 그렇게 달콤하고 시원할 수가 없었다.

그때 낮게 으르렁대는 소리가 등뒤에서 들려왔다. 황홀했던 신기루가 싹 사라져버렸다. 나는 천천히 뒤쪽으로 고개를 돌렸다. 입에서 비명이 튀어나오려는 걸 억지로 삼켰다.

십여 마리의 개들이 콧등에 주름을 잔뜩 잡고 이빨을 드러내며 위협하고 있었다. 귓구멍에선 진물이 흐르고, 털 빠진 가죽에 피딱지가 따개비처럼 붙어 있는 걸 보니 오염견들이 틀림없었다. 나보다 덩치가 큰 도사견부터 좀 전에 걷어차인 시추까지 껴 있었다. 이 구역 고양이들 씨를 말리고 사람의 피와 살을 맛본 녀석들에게 열 살짜리 말라깽이 따윈 한입거리도 안 될 것이었다.

흥분한 개들이 입에 거품을 물고 짖어댔다. 일어나서 도망쳐야 하는데 다리에 힘이 풀려 도로 주저앉고 말았다. 소리 없는 울음이 터졌다. 며칠 전 엄마가 개떼에 공격당했던 일 때문에 몸이 먼저 두려움에 짓눌려버린 것이었다.

엄마의 어깨와 다리를 물고 마구 흔들어대던 개떼들.

나는 슬레이트지붕 위에서 그 모습을 지켜보았다. 엄마에게 지붕 위로 올라오라고 소리쳤지만 엄마는 처마밑에서 일부러 두세 걸음 멀어지며 말했다.

"건물이 오염돼서 내가 올라가면 무너져. 자극하지만 않으면 괜찮을 거야."

하지만 괜찮지 않았다. 개들은 숨죽이며 있던 엄마를 포위하더니 한 마리씩 차례로 덤벼들었다. 결국 엄마는 배를 감싸 안고 바닥에 납작 엎드려 버틸 수밖에 없었다. 어린 나를 껴안고 아빠의 린치를 견디던 그때처럼.

마침 슬레이트지붕에 비가 새는 걸 막으려고 군데군데 덮어둔 리놀륨 장판들이 있었다. 장판들 위에는 커다란 벽돌들이 누름돌 용도로 놓여 있었다. 나는 악을 쓰며 개떼에게 벽돌들을 마구 집어 던졌고 개들은 대가리가 박살나고 나서야 물러났다.

지금은 벽돌 한 장 무기로 쓸 만한 게 없다. 내 비명소리를 듣고 달려올 사람조차도 없다. 물리기 싫다. 죽고 싶지 않다.

어금니를 앙다물고 자리에서 일어섰다. 오른손으로 우유통 뚜껑을 돌려 잠그는데 자꾸만 헛손질을 했다. 삼선슬리퍼를 거머쥔 왼손도 달달 떨렸다. 두 발은 이미 맨발이었다. 나는 후들거리는 다리에게 속으로 소리를 질렀다.

움직여, 움직이라고!

두 발이 땅에 들러붙은 것처럼 도무지 떨어지질 않았다. 우두머리로 짐작되는 도사견 한 마리가 나를 향해 타닥타닥 가볍게 뛰어왔다.

도망쳐! 도망쳐, 제발!

덤벼드는 도사견의 아가리에 나는 쥐고 있던 삼선슬리퍼를 쑤셔넣었다. 그러고는 맨션 쪽으로 냅다 뛰었다. V자로 무너진 건물잔해에 철골과 내력벽이 서로 맞물려서 생긴 토끼 굴 같은 공간을 발견했기 때문이다. 맨션까지 뛰어갈 시간을 어떻게든 벌어보려고 했던 짓인데 합성고무 슬리퍼가 찢어지는 데에는 몇 초도 걸리지 않았다.

흥분한 개들이 미친듯이 짖어대며 나를 뒤쫓았고 그중에는 우두머리 격인 도사견도 있었다. 나는 시멘트블록들을 주워 개들에게 던졌다. 제대로 얻어맞은 도사견이 깨갱거리며 나둥그러졌다. 그때 새까만 도베르만 한 마리가 나타나 도사견의 얼굴을 물어뜯었다. 두 마리는 끔찍한 비명을 내지르며 엉겨붙어 싸웠다.

그 틈에 나는 시멘트 굴속으로 얼른 기어들어갔다. 입구가 좁아 덩치 큰 개들은 따라 들어오지 못해 땅바닥을 발로 파헤치며 안달이었다. 작은 녀석들은 잔뜩 경계하며 왕왕 짖어댔다.

막혀 있을 줄 알았는데 좁고 긴 굴 끄트머리에 빛이 새어들어오고 있었다. 저곳으로 나가면 살 수 있겠다는 기쁨도 잠시, 입구 쪽에서 시근덕거리는 소리가 울려 퍼졌다. 뒤돌아보니 피투성이 얼굴로 도베르만이 시멘트벽에 머리를 처박으며 이쪽으로 다가오고 있었다. 좀 전에 도사견을 물어뜯은 바로 그놈이었다. 굶주림에 동족까지 뜯어먹은 놈이니 나를 쫓아오는 이유도 뻔했다. 나는 필사적으로 기었다. 유리와 시멘트조각들에 무릎이 쓸렸지만 아파할 새도 없었다.

출구에 다다를 즈음 통로를 대각선으로 가로지르는 철골이 앞을 가로막았다. 나는 빼빼 말라서 머리통만 들어가는 곳이라면 무조건 통과할 수 있었다. 머리를 먼저 집어넣은 다음 어깨를 살짝 비틀어 넣자 다행히도 수월하게 빠져나올 수 있었다.

문제는 내 뒤까지 바짝 쫓아온 도베르만이었다. 녀석은 장애물을 비켜 통과할 만큼 똑똑하지도 넝치가 삭지도 않았다. 철골에 어깨가 걸리자 흥분한 녀석이 눈알을 까뒤집고 숨넘어갈 듯 짖어댔다. 막무가내로 밀어붙이며 나를 향해 이빨을 딱딱거렸다. 그러자 철골이 내 쪽으로 조금씩 쏠리기 시작했다. 시멘트덩이들이 위에서 후두두 떨어져 내렸다.

앗, 위험해!

앞으로 고꾸라질 것처럼 전속력으로 기었다. 철골이 휘어

지며 녀석의 뾰족하고 누런 이빨이 내 엉덩이에 박히려는 순
간, 와르르하는 요란한 소리와 함께 시꺼멓고 매캐한 연기가
나를 덮쳤다. 짐승의 날카로운 비명소리가 울려 퍼졌다. 하
지만 나는 기는 걸 멈추지 않았다.

갑자기 눈앞이 환해졌다. 나는 땅바닥에 얼굴을 처박은 채
로 쿨럭쿨럭 먼지와 모래를 받아냈다. 시멘트가루와 잿더미
로 뒤범벅된 얼굴을 손등으로 문질렀다. 가슴팍이 뻐근해질
때까지 숨을 한껏 들이쉬었다. 살았다는 안도감과 함께 눈물
이 왈칵 쏟아졌다.

달동네 입구 공터에 트럭들이 줄지어 주차되어 있었다. 깜
짝 놀라 나는 재빨리 전봇대 옆 헌옷수거함 밑으로 몸을 구
겨 넣었다.

흰색 방호복 차림의 남자들이 리어카에 포댓자루를 잔뜩
실어나르고 있었다. 전면고글을 썼고 분진마스크마다 핑크
색 필터가 두 개씩 붙어 있는 걸 보니 고오염물 제거반이 분
명했다.

공터 가운데에 크고 작은 포댓자루들이 쌓여 있었다. 제거

반원 몇이 포댓자루마다 붉은색 테이프를 둘둘 감았다. 그러다 그만 덤벙이 하나가 실수로 자루를 넘어뜨렸고, 그 바람에 속에 든 것들이 쏟아져 나왔다. 제거반원들이 일제히 양손으로 마스크를 막으며 딴 쪽으로 고개를 돌렸다. 흩날리던 분진들이 가라앉자 다들 덤벙이한테 험악한 소릴 해댔다.

"야, 이 새끼야. 똑바로 안 해? 누구 죽일 일 있어?"

"죽고 싶으면 혼자 뒈져."

"앗, 죄송합니다. 죄송합니다."

연신 허리를 굽혀 사과하던 덤벙이가 쏟아진 것들을 자루 속에 얼른 쓸어 담았다. 슬레이트조각들, 썩은 각재들과 함께 집어넣은 건 죽은 시궁쥐들이었다. 오염된 동물들의 사체도 처리한다는 엄마 말이 맞았다.

고오염물 세거반이 다녀가고 나면 굴삭기와 핸드드릴과 해머로 중무장한 철거부대가 들이닥친다. 그러면 집 한 채가 공중분해되는 데에 반나절이 채 걸리지 않는다.

엄마한테 가서 알려야 한다. 좀더 북쪽으로 거처를 옮기자고 해야겠다. 아니, 이번엔 서쪽으로 가자고 해볼까. 서쪽엔 아직 오염되지 않은 숲과 호수가 있다. 나는 서쪽 바리케이드 너머에 있다는 바다만큼 넓은 호수와 그 속에 살고 있

는 호수 괴물에 대해서 생각했다. 우리처럼 존재하지만 눈에
보이지 않는, 거대하고 슬픈 미물에 대해 들려준 엄마의 이
야기를 떠올렸다. 정말 중요한 것들은 눈에 보이지 않는다고
했던 말도.

포댓자루들을 짐칸에 실은 트럭들이 하나둘 주차장을 떠
났다. 마지막으로 남은 트럭의 운전수가 아직 차에 타지 않
은 덤벙이에게 소리쳤다.

"야, 빨리 안 타?"

"아, 네. 금방 갑니다."

오르다보면 깔딱깔딱 숨이 넘어간다는 달동네 깔딱 계단
맨 밑에 덤벙이가 쭈그리고 앉아 있었다. 기도하듯 구부정한
덤벙이의 등판에다 대고 운전수가 연거푸 역정을 냈다.

"진짜 빨리 안 오고 뭐 해? 너 그냥 두고 가버린다!"

덤벙이가 자리에서 일어나더니 트럭 쪽을 향해 굽실거리
며 뛰어갔다. 조금 뒤 마지막 트럭까지 공터 밖으로 빠져나
갔다.

헌옷수거함 밑에서 기어나온 나는 깔딱 계단으로 조심스
레 다가갔다. 거기엔 뚜껑을 딴 참치캔 하나가 놓여 있었다.
일 년 만에 보는 참치캔이었다.

계단 앞에 무릎을 꿇고 앉아 두 손으로 조심조심 참치캔을 들어 입에 가져갔다. 짭조름하고 고소한 기름이 입안 가득 퍼져나갔다. 엄지와 검지로 살코기를 집어서 입에 넣었다. 씹을 새도 없이 목구멍으로 넘어갔다. 왼손으로 캔을 붙잡고 오른손 검지로 살코기들을 입안으로 허겁지겁 쓸어 넣었다. 기절할 것처럼 맛있었다.

엄마는 동생을 임신시킨 나쁜 사내들을 피해 바리케이드 안으로 들어온 거였다. 사내들은 백화점 앞 위령비 근처에서 구걸하고 있던 우리를 폭행하고 자신들의 아지트로 끌고 갔다. 많은 사람들이 지나다니는 퇴근시각이었지만 아무도 도와주지 않았다. 어딘가로 팔려 가기 직전에 가까스로 도망친 우리는 바리케이드 안으로 숨어들었다.

바리케이드 안에서의 생활은 버겁고 힘들고 끔찍했다. 이제는 정말 그만하고 싶다. 엄마의 오염된 세상에서 나가고 싶다. 지금이라도 저 트럭을 쫓아가볼까. 이 말도 안 되는 상황에서 나를 꺼내달라고 애원해볼까. 하지만 그러면 엄마는? 바깥사람들이 엄마에 대해서 뭐라고 하지 않을까. 아무런 죄도 묻지 않을까.

캔 모서리에 혀가 베일 정도로 참치캔을 핥아먹었다. 비릿

한 쇠맛까지 맛있었다. 손가락에 묻은 기름도 아까워 쪽쪽 빨았다. 빈 깡통을 들어 밑바닥에 구멍이 난 건 아닌지 확인해보았다. 아쉬움에 입맛을 쩝쩝 다셨다. 그러자 참을 수 없을 만큼 목이 말랐다. 우유통에 담긴 물을 깡통에다 조금 따랐다. 엄마하고 나눠 마셔야 해서 아주 조금만 마셨다. 참치를 혼자 다 먹어버린 것이 마음에 걸렸다. 커다란 알사탕을 삼킨 것처럼 명치가 콱 막혔다.

깔딱 계단 위에 놓인 하늘이 핏빛으로 찬란했다. 피투성이 발을 절룩거리며 저녁거미를 밟고 올랐다.

사위가 너무 어두컴컴해서 멀리서도 폐창고에서 희붐한 빛이 새어나오는 게 보였다. 이상한 일이었다. 엄마는 절대 밤에 불을 피우지 않는다. 우리가 여기에 있으니 잡아가라고 손을 흔드는 거나 다름없다고 생각해서다. 그런데 어째서 불을 피운 거지? 혹시 동생이 태어난 걸까? 반짝 반가운 마음에 뛰어가다가 그 자리에 멈춰 섰다. 커다란 그림자가 안에서 어른거리고 있었다. 엄마의 실루엣이 아니었다.

한쪽으로 기우뚱 쏠린 창고 벽에 몸을 바짝 붙였다. 실내가 밝으면 밖의 어둠을 잘 볼 수 없다는 엄마의 말이 기억나서 발밑에 흙을 집어 얼굴에 마구 문질렀다. 검댕이 묻은 얼굴로 살며시 창고 안을 들여다보았다.

군복바지만 입은 남자가 대형 손전등을 바닥 위에 세워놓고 창고 안을 어슬렁거리고 있었다. 한쪽 눈에 붕대를 친친 감고 있는 걸 보니 쪽방촌에서 마주쳤던 그 미친 변이자가 틀림없었다. 놈이 기어이 우리를 찾아낸 것이었다.

퍼뜩 엄마가 괜찮은지 눈으로 살폈다. 엄마는 오한에 떨며 바닥에 누워 있었다. 내가 창고를 나설 때 여러 겹의 이불을 덮어준 상태 그대로였다.

여기저기 둘러보던 변이자가 실실 웃으면서 엄마에게 다가가 쭈그리고 앉았다. 불룩하게 솟은 이불더미를 장난스럽게 하나씩 걷어내더니 엄마가 입고 있는 치맛자락까지 휙 들쳤다. 그러자 둥그런 배와 거무스름한 임신선과 궁색하게 돋아 있는 거웃이 드러났다. 개들에게 물린 상처는 새까맣게 썩었고 O자형으로 벌어진 두 다리 위를 통통하게 살이 오른 구더기들이 굼실거리며 기어다녔다.

놈이 엄마의 뺨을 찰싹찰싹 때렸다. 엄마는 정신을 못 차리고 얕은 신음소리만 내뱉었다.

"꼬맹이 어디 있어? 꼬맹이도 찾아야 끝이 나지. 여기 있어? 뱃속에 있어?"

커다란 손이 엄마의 배를 쓰다듬었다. 목 졸려 죽던 쪽방 촌의 할머니가 떠올랐다. 엄마도 가만두지 않을 것이었다.

"안 돼!"

나는 창고 안으로 뛰어 들어가 변이자의 등판에 올라탔다. 머리카락을 쥐어뜯고 주먹으로 두들기고 귀를 깨물었다. 어찌나 힘이 센지 놈은 한 손만 가지고 나를 등판에서 뜯어내 그대로 바닥에 메다꽂았다. 등줄기를 타고 뻗치는 통증에 정신을 차릴 수가 없었다.

"와, 잡았다. 잡히면 죽음! 히히, 히히."

나는 놈의 억센 팔뚝을 꽉 깨물었다. 그러자 돌덩이 같은 주먹이 얼굴 한가운데로 날아 들어왔다. 코안에서 폭죽이라도 터진 듯 뜨겁고 아팠다. 코피가 줄줄 흘렀고 눈앞이 흐릿해졌다. 나도 모르게 고개를 계속 가로저으며 울음을 터트렸다.

"또 깨물면 이빨을 몽땅 뽑아버린다."

내 목에 양손을 갖다 대며 놈은 사탕을 깨물어 먹듯이 으드득으드득 이를 갈았다. 정신없는 와중에 뭐라도 손에 잡히는 걸 찾으려고 나는 팔을 뻗어 여기저기 더듬거렸다. 그러다 바닥에 놓여 있던 대형 손전등이 손에 잡혔고 그걸 집어들어 놈의 머리통을 있는 힘껏 후려쳤다. 한 번으론 안 될 것 같아서 두세 번 더 갈겼다. 머리통을 부여잡고서 놈이 쓰러졌다.

박살난 손전등 불빛이 깜빡거렸다.

나는 훌쩍거리면서 엄마한테로 기어갔다. 깨워서 같이 도망가야 한다. 엄마를 붙잡고 마구 흔들어댔다.

"엄마, 일어나. 빨리 일어나봐. 제발 정신 좀 차려봐."

엄마의 고개가 힘없이 옆으로 푹 꺾였다. 둔탁한 벽돌에 얻어맞아 짜부라진 뒤통수가 보였다. 피에 엉겨붙은 머리카락 사이로 뼛조각과 뇌수가 비어져나와 있었다.

손전등 불빛이 탁, 하고 꺼졌다.

"같이 놀자니까 이 쬐끄만 게 더럽게 사납게 구네."

등뒤에서 변이자의 소름 끼치도록 천진한 목소리가 들려왔다.

갑자기 내 몸 전체가 허공으로 붕 떴다. 그리고는 곧바로 턱에 강한 충격을 받으며 시멘트바닥에 얼굴을 처박았다. 고개를 치켜드는데 핏덩이가 입에서 벌컥 쏟아졌다. 허벅지를 타고 뜨듯한 액체가 흘렀다.

히죽거리며 놈은 나를 번쩍 들어 투포환 선수처럼 힘차게 돌렸다. 나는 헝겊인형처럼 무력하게 붙잡혀 빙글빙글 돌았다. 그러다 어느 순간 날아가 시멘트벽에 부딪혔다. 빠각, 하고 뼈가 부서지는 파열음과 함께 강렬한 통증이 머리통 전체를 감쌌다. 그때 우지끈하는 굉음이 창고 안을 뒤흔들었다. 나는 창고 바닥으로 떨어졌고 온몸을 덮쳐누르는 고통에 까무룩 정신을 잃었다.

정신을 차렸을 땐 사방이 완전한 어둠 속에 파묻혀 있었다. 눈을 뜨나 감으나 똑같은 어둠뿐이었다. 가슴 깊숙한 곳에서 짓눌리는 아픔이 느껴졌다. 그저 숨을 쉬는 것뿐인데도 힘들었다. 다리를 움직일 수가 없어서 한참 동안 버둥댔다. 얕은 숨을 몰아쉬며 할딱대다가 지쳐 잠이 들었다.

아빠가 춤을 추고 있었다.

단층 양옥집의 커다란 거실 창으로 새까만 형태의 아빠가 마치 전자상가 앞 키다리 풍선인간처럼 두 팔을 마구 흔들어댔다. 엄마와 나는 대문 밖에서 그 광경을 지켜보고 있었다. 엄마의 얼굴에 붉은 그림자가 넘실거렸다. 우는 것도 웃는 것도 아닌 표정이었다.

집이 불타고 있었다.

"네 아빠는 괴물이야."

"응, 알아."

혼절할 때까지 두들겨 패고 툭하면 칼을 휘두르고 엄마 몸에 뜨거운 물을 붓고 우리를 발가벗겨서 온 동네에 끌고 다니는 사람이 괴물이 아니라면 뭐란 말인가. 동네사람들은 그런 아빠가 무서워 우리에게서 눈을 돌렸다.

"지금 뉴스에서 난리도 아냐. 정체 모를 오염 물질이 사람들까지 오염시키고 있다더라고. 오염된 사람들 중에 괴물로 변하는 사람들이 있대. 네 아빠처럼 말이야. 근데 그런 사람들은 약도 없고 다른 사람들한테 전염도 시킨다더라. 뉴스에서 그랬어. 진짜야."

나를 붙잡고 엄마는 자신만이 알고 있는 이야기에 대해 필사적으로 설명했다. 오염된 세상에 관한 것이었다.

"나도 어쩔 수 없었어. 다른 사람도 괴물로 만든다잖아. 어쩔 수 없었어."

괴이한 미스터리

눈물이 났다. 소매로 눈두덩과 코를 문질러 닦았다. 엄마
가 내 정수리를 쓰다듬었다. 손이 얼음장처럼 차가웠다.

"미안하구나. 그래도 너한테는 아빤데, 미안해."

아빠를 잃어서 슬픈 게 아니었다. 엄마의 세상이 오염 물
질로 뒤죽박죽 엉망으로 변했기 때문이었다.

"월영시로 가자. 거기에 우리 같은 사람들을 도와주는 단
체들이 있다더라. 가자."

희망에 찬 엄마의 말에 나는 속으로 대꾸했다.

가도 소용없어요. 경찰이 엄마를 전국적으로 수배했어요.
여성단체는 엄마한테서 저를 빼앗아가려고 했고요. 도망친
우리는 졸지에 길거리 노숙자 신세가 됐고 나쁜 남자들에게
붙잡혀서 혼쭐도 났어요. 그리고 결국엔 바리케이드 안에서
이런 악몽을 꾸고 있지요.

불길에 휩싸인 아빠가 창가에 서서 우리에게 손을 흔들어
주었다. 불타는 집을 오래 바라보고 있었지만 조금도 따뜻해
지지 않았다.

다시 눈을 떴을 땐 아침이었다. 간밤에 무슨 일들이 벌어

졌는지 짐작할 수 있었다. 나와 충돌한 시멘트벽이 무너졌고 그 바람에 연쇄적으로 폐창고 전체가 주저앉게 된 것이었다.

눈앞에 미친 변이자의 무덤이 있었다. 천장재와 들보와 시멘트벽돌들로 만들어진 커다란 무덤이었다. 나는 사실 알고 있었다. 놈이 변이자가 아니란 걸. 놈은 그냥 무법천지의 철거촌 안에서 혼자 살인게임을 벌이고 있는 살인마일 뿐이었다.

엄마 쪽을 바라보았다. 오두막집에 깔려 죽은 나쁜 마녀처럼 앙상한 두 다리만 시멘트더미 밖으로 삐져나와 있었다.

아프지는 않았을 것이다.

엄마를 물어뜯던 개떼를 향해 던진다고 던진 벽돌이 잘못 날아갔었다. 벽돌은 배를 감싸 안고 엎드려 있던 엄마의 뒷머리를 강타했다. 엄마는 내 부축을 받고 이곳으로 돌아와 종이박스 위에 누웠지만 두 번 다시 깨어나지 못했다. 엄마의 오염된 세계도 그때 끝이 났다. 다만 내가 엄마의 죽음을 받아들이지 못했던 것뿐이었다.

졸음이 또다시 몰려왔다.

나는 어쩔 수 없이 두 눈을 감았다.

자다깨다 자다깨다 했다. 배가 몹시도 고팠다. 하반신에 아무런 감각이 없는데도 뱃가죽이 등판에 들러붙은 듯 배가 고프다니 황당하고 어이없고 지긋지긋했다.

우유통은 어디론가 날아가고 없었다. 다행히 버섯을 담았던 검은 비닐봉지는 노끈에 잘 매달려 있었다. 우산 모양의 하얀 버섯을 하나 꺼내 입안에 넣고 천천히 씹었다. 쌈싸래하고 시큼하면서 약간 떫은맛이 났다. 동화 속에 등장하는 버섯이 생각났다. 먹으면 커진다는 버섯 말이다.

나는 속으로 중얼거렸다.

커져라, 커져라, 커져라.

이젠 배고픔도 느껴지지 않았다.

멀리서 들려오는 굴삭기소리가 작별 인사처럼 다정했다.

〈프리미엄 아파트 공사 현장에서 백골시신 2구 발견〉

지난 21일 월영시 '노후화 도시 재생 정책' 사업인 대단위 프리미엄 아파트 건설 현장에서 땅 다지기 작업 중 백골시신 2구가 발견돼 경찰이 수사에 나섰다. 경찰은 사망원인이나 시각을 추정할 수 없을 만큼 백골화가 진행된 상태이긴 하나 여러 가지 정황으로 보아 이 지역 철거촌에서 생활했던 홈리스 모녀로 유추하고 있다. 우리나라 여성 홈리스의 비율이 전체 홈리스의 26퍼센트나 되지만 정신질환을 앓거나 성범죄의 피해를 입어 도움의 손길이 닿지 않는 사각지대에 숨어 지내는 여성 홈리스들이 많다고 한다. 이에 경찰은 발견된 백골시신 2구를 국과수로 보내 정확한 사망원인을 밝히고 범죄와의 연관성도 수사할 예정이라고 한다.

―〈월영일보〉 사회부

기획 후기

김선민 · 괴이학회 회장

《괴이한 미스터리》는 한국추리문학의 전통을 이어온 한국추리작가협회와 괴담·호러 콘텐츠의 부흥을 위해 만들어진 괴이학회의 콜라보로 이루어졌습니다. 본래 미스터리, 추리, 호러는 떼려야 뗄 수 없는 관계이기에 괴이학회와 한국추리작가협회의 콜라보는 큰 시너지를 만들어낼 수 있을 것이라 생각했습니다.

더불어 《계간 미스터리》를 리뉴얼하여 새롭게 발간하게 될 스토리 전문 출판사인 나비클럽이 이 프로젝트에 동참하면서 더욱 힘을 얻게 되었습니다. 《괴이한 미스터리》를 통해 출판계에서 비선호 장르라 할 수 있는 미스터리, 추리, 호러에 대해 더 많은 분들이 관심을 갖고 장르적 재미를 느낄 수 있으면 좋겠습니다.

《괴이한 미스터리》는 '월영시'라는 기괴한 공간에서 일어나는 여러 가지 사건들을 다루고 있습니다. 월영시라는 무대는 괴이학회의 두 번째 도시괴담 앤솔러지인 《괴이, 도시》에 처음 등장한 도시입니다. 온갖 괴이들과 초자연적 존재들은 물론 이 어두운 기운에 끌려 흘러들어온 범죄자들까지 아우르는, 무슨 일이든 일어날 수 있는 곳입니다.

《괴이한 미스터리》에서는 이 월영시에서 일어나는 미스터리한 사건들에 초점을 맞춰보았습니다. 그 미스터리한 사건은 사람이 일으킨 것일 수도 있고, 인간이 아닌 다른 존재가 일으킨 것일 수도 있습니다.

또한 함께 고려한 것은 이 미스터리한 사건을 통해 우리 사회의 어두운 단면과 이로 인해 드러나게 되는 인간 심연의 공포를 다루고자 했습니다. 장르적 재미와 함께 작품을 읽고 나서 우리 사회 전반에 펼쳐져 있는 사회적 문제들 혹은 사각지대에 숨겨져 있어 인지하지 못하고 넘어간 사건사고들을 포착할 수 있는 시선을 담아내고자 했습니다.

《괴이한 미스터리》는 저주·범죄·초자연·괴담의 4권으로 구성되었는데, 그중 '저주 편'은 인간의 본능에 충실한 소재를 다루고 있습니다. 저주라는 것은 결국 원한과 욕망, 증오의 산물이기 때문입니다. '저주 편'은 무엇보다 월영시라는 공간과 깊이 결부되어 있습니다. 다른 도시였다면 단순히 증오와 미움만으로 끝날 수 있던 일들이 월영시라는 공간과 결합이 되면서 폭발하듯 부풀어 오르는 것입니다.

만약 인간이 가진 미움과 증오를 눈으로 볼 수 있도록 형상화할 수 있다면 기괴한 일들이 벌어질 것이 분명합니다. 월영시란 그런 것이 가능한 공간입니다. 저주가 단순히 저주로 끝나는 것이 아니라 직접적으로 누군가를 해할 수 있는 힘을 부여하는 도시. 《괴이한 미스터리》 시리즈에서 월영시가 주요한 소재이자 또 하나의 주인공인 이유가 여기에 있습니다.

한이 · 한국추리작가협회 회장

대부분의 추리, 호러 작가들이 가장 잘하는 일이 무엇인지 아십니까? 당신의 가장 약한 부분을 공격하는 것입니다. 가장 일어나지 않았으면 하는 일, 절대 배신하지 않았으면 하는 믿음, 무슨 일이 있어도 실제로 맞닥뜨리고 싶지 않은 그것을 당신의 견고한 현실 속에 슬그머니 밀어넣는 겁니다.

이 방면의 대가인 스티븐 킹은 자신의 영업비밀을 이렇게 공개했습니다.

"공포를 창조하는 일은 무술로 상대를 제압하는 일과 상당히 흡사하다. 급소들을 찾아내서 그곳에다 압력을 가하는 일인 것이다."

정세호 작가의 〈그림자의 정면〉은 노골적으로 당신의 일상을 뒤집는 이야기입니다. '부서진 이들'이라 불리는 그들은, 현실이 부서지고 나서야 컨디션도 괜찮아지고 식욕도 돌아옵니다. 비현실적인 일들이 시시각각으로 벌어지는 요즘을 살아내기 위해서는, 우리 역시도 어딘가 부서져야만 하는지도 모르겠습니다.

회화목은 중국에서 학자수(學者樹)로 불리며 예전 사대부들이 마당에 심던 나무라고 합니다. 흔히 습한 땅의 기운을 바꾸고 귀신을 막을 수 있다고 믿었습니다. 하지만 아무리 영험한 나무라도 인간의 욕심만큼은 막지 못하는군요. 그리고 그 욕심을 따라온 것은 인간만이 아니었습니다. 배명은 작가의 〈회화목 우는 집〉 이야기였습니다.

홍지운 작가의 〈초인종에 침을 바르는 남자〉를 처음 읽고 떠오른 단어는 '힙하다'였습니다. '최신 유행이나 세상 물정에 밝은, 잘 알고 있는, 통달한'이라는 뜻의 신조어처럼 이 작품은 가볍고 기발합니다. 초인종마다 침을 바르고 다니는 역귀인 '침남' 역시 힙스터 패션을 하고 있습니다. 하지만 최근 일상을 잠식한 세계적인 역병과 그 바이러스를 인간이 의도적으로 만들었다는 괴담 아닌 괴담 때문인지 마냥 가볍게 읽히지만은 않는군요.

홍지운 작가의 대척점(?)에 있는 작품이 김유철 작가의 〈장롱〉입니다. 주판을 뒤집어 타고 다니면 장롱에 사는 귀신이 나타나 잡아간다는 괴담을 주제로, 탄탄한 문장력과 전통적인 방식으로 이야기를 차분하게 이끌어갑니다. 그러나 다 읽고 나면 가슴이 답답해지고 무슨 소리가 들리지 않는지 귀를 쫑긋 세우게 될 겁니다.

그리고 마침내, 비운의 작품, 한새마 작가의 〈낮달〉이군요. 이 작품을 읽기 시작하자마자 여러분들은 오염자들, 오염견, 변이자들 등의 단어를 보고 여러 디스토피아 영화에서 보았던 암울한 풍경을 떠올리실 겁니다. 그 암울한 세상을 어린 딸과 병약한 엄마가 헤쳐나갑니다. 제가 비운의 작품이라고 표현한 이유는 원래 버전은 훨씬 더 수위가 높았기 때문입니다. 언젠가 독자 여러분들도 '순한 맛' 말고 '매운 맛'도 제대로 볼 수 있기를 기대하며, 마지막 반전에서도 부디 눈을 돌리지 말았으면 좋겠습니다. 어쩌면 진정한 디스토피아는 우리의 마음속 정경일지도 모르겠습니다.

Ⓜ 한국추리작가협회

국내 유일의 추리문학 전문 작가들의 협의체로서 1983년 김성종, 이상우, 이가형 작가 등이 작가의 권익을 대변하고 참신한 신인 작가들을 발굴, 육성하자는 취지로 발족했다. 현재 서미애, 황세연, 도진기, 김재희, 최혁곤, 송시우, 박하익 등 100여 명의 작가들이 활발한 활동을 벌이고 있으며, 더 참신하고 패기 넘치는 작가와 작품들로 독자와 만나고, 세계로 진출할 새로운 도약을 준비하고 있다.

괴이학회

괴담, 호러 전문 출판 레이블. 괴담과 호러 콘텐츠의 부흥과 발전을 위해 만들어진 창작그룹이다. 전설과 신화, 민담을 포함한 괴담을 바탕으로 기괴하면서도 흥미로운 이야기를 만든다. 현재 50여 명의 창작자들과 함께 커뮤니티를 만들어 다양한 창작 및 제작, 출판 활동을 진행 중이다. 한 번도 본 적 없는 비틀린 상상력을 환영하고, 양꼬치를 먹으면서 결성된 그룹이기 때문에 중요한 날에는 양꼬치를 먹는다.

《괴이한 미스터리》 출간 프로젝트를 후원해주신 분들

강경천 강순덕 강아지배방구 강우석 개다키 게임발굴단 위즐로 경성 고민서 곽나윤 괴도1412 규리 그레이스 그리핀 그림자도둑 글라스 김개똥 김경덕 김동은 김레지 김명국 김민서 김민성 김민제 김병진 김사슴 김서연 김선규 김성모 김성철 김수현 김슬기 김아현 김영아 김우주 김유진 김은경 김은정 김이응 金紫榮 김재희 김정아 김종원 김지수 김지원 김지현 김창현 김크랩 김태영 김하니 김현지 김혜선 김희태 깜깜멍 꽃님이 꽃이 꾸루꾸 나.재민 나강림 Lea.S 나님이여 나래 나쁜마녀 나새빈 날2 남기인 남상욱 냥 네버러지 넨이 노하늬 녹차시럽 뉴스 느린_김병준 니니 니델리 다9 다과 다루미 다솜 다크오키드 단청야 달빛마녀 달빛뿌리는냥이 데스다 델리 뎁이 도- 도비 독서거 동해천사 두부장수 둠바 디두 디봄보 딘 따옹 땅두 라니아케아 라디홍 라라 라온 라일라 라티라티 랄랄라 레오군 로 롤 료월 루루공주 류형규 린샤 마녀 A씨 마루 마린 마법사 맑은하늘 망나니 메디오크르 메론빵 명주 명품목소리 모카프라프치노 몽실에바 무케무케 문다원 문채영 물비누 뭐할라고 뮈르헨 므마 미미 미역국공주 민- 민아롱이 민현기 밍- 바카 박군 박기태 박동우 박박 박상민 박서윤 빅싱걸 박소영 박소은 박수민 박연진 박예나 박유빈 박재우 박종우 박주연 박지영 박지원 박한새 박혜림 박혜미 밝빛 방방이 방하윤 배고파용 배은란 배정은 백여우님 뱁냥 벚꽃여왕 베로 변요한 별지기 보노보노 보스코 보이드Voyd 봉누누 부엉군 북극곰 비아 빠야 빠야 빼미 사필귀정 산향푸딩 삼점일사 샘 생묘 샨니 서지혜 서찬호 설명환 설야차 설원 성현지 세이시나 센테 소다빙수 소소 소원 소정 소허니 손연서 솔 송지웅 송찬양 수 수정 중 순선화 슈징 슬픈돌기 시아 시엘로나 신동원 신소희 신태성 신해진 실험체333호 쌍무기 쏘이콩 쑤기 아리에르 아린 아메 아사 아얌 아이제 아프로스미디어 아하하 안수진 안예은 암브로시아 앙팡 얄루얄루 양여진 양천재 에르에디이모집사 에이프릴 여래야 여름사람 여봄 여지은 여찬후 연교 연산홍 연장미 열대 옐로튤립 오디오코믹스 오솔 오오옹 오찬영 완벽한중2의비결 요닝쓰 요미언니 요쿨 우롱차 우병화 우주냐옹 원의비밀 월량곰 월유하 위래 위승연 유지해 유도연 유라 유리 유빈유빈유빈유빈유빈 유석주 유승재 유엘 유진곤 유혜영

유효정 유히사 윤나 윤선영 윤지 율비 은혜다혜 응디뚱디 이고운 이다연 이다영 이름 이민 용 이상헌 이성수 이세림 이소망 이솔님 이수연 이수진 이승한 이아라 이예림 이울 이윤 진 이재연 이정명 이제야 이츠미 이파란 이현아 이희주 인디아 일곱시 임라흔 임지환 잇츠 미 장다솜 장선영 장영희(시호) 장예은 장은화 장현진 재클린 전영균 전예솔 전한비 정민 정우원 정유진 정인기 정중구 제희 조민성 조병준 조소영 조유빈 조윤수 조해빈 조현우 중 바 지니 지수 지준맘 차원의소녀 찰 채준영 채현 책벌레 챔 청리 청포도자두 체리 최수현 최아람 최재훈 치즈젤리 콩만두 탄산 태빵 토닥토닥 토담 토뿌시 토이필북스 파 파메 페리 편의점 평시민 프레즈 프리마 피금 피나 필립 하나 하늘호수별 하물란 하얀 하은경 하이바 하정현 한날 한율 해난 허니문 차일드 허상범 허수민 헬 현 현서아 현정/민경 혜우 호우 호원쓰 홍낭 홍수희 환옥맘81 황말랑 황미희 황새 황성현 후니네헤린이 후원자 후유 후은 흑랑 흠냐링 희성반쪽 히구 히써닝 히힛 28일후 36 405.24apm 8규 9**** air**** AMWE angelle**** anwjr**** athllan BB bel**** blue홀 cainern celine char'gry cheege**** cherry Dan–bi dd di**** dk**** dod**** DRGR dudurain ehdgus92**** Ellie elyasion Eonness ez**** fono gom greenfi**** gywls**** HANAHANA happy0**** HAROO hotooyoo HYEIN_KIM iluv**** imagery Introcnonicle iw JLYH Joanne july**** Jyun keiry khs Ki Hyo Park kim kimjungmin kjin kky ksd**** Lake Life goes on ljh3**** lsh0**** Lullaby LUNA819 MeiS memory Mindooze MINOR NaKi nog**** nova**** OMMR orchid palstic H PINEA pipoppippo08 planetes RAPID ReN Ren RiA Rim romie rune savio**** SAYA seh**** Seo Yunbae Silvers lady Siyeong Yu sky91**** SPiCa ssangch**** ssy**** Sua Suki Park sulasula t**** Taelin Temisia Therose0524 tige**** VVan5963 whdthf**** wnsdnagd wOnhOc YJ Lee Yony younghun**** YUM Yun Yuna Hwang zoflrjs****

외 무기명 7명 총 535명 모든 분들께 진심으로 감사드립니다.

괴이한 미스터리 저주 편

초판 1쇄 펴냄 2020년 8월 21일
초판 2쇄 펴냄 2020년 8월 24일

지은이 정세호 배명은 홍지운 김유철 한새마
펴낸이 이영은
편집인 김현경
기획 김선민 한이
홍보마케팅 김소망
디자인 여상우
제작 제이오

펴낸곳 나비클럽
출판등록 2017. 7. 4. 제25100-2017-0000054호
주소 서울특별시 마포구 동교로22길 49 2층
전화 070-7722-3751 팩스 02-6008-3745
메일 nabiclub17@gmail.com
홈페이지 www.nabiclub.net
페이스북 @NabiClub
인스타그램 @nabiclub

ISBN 979-11-970387-4-7 04810
ISBN 979-11-970387-3-0 04810(세트)

이 도서의 국립중앙도서관 출판예정도서목록(CIP)은 서지정보유통지원시스템 홈페이지(http://seoji.nl.go.kr)와 국가자료공동목록시스템(http://www.nl.go.kr/kolisnet)에서 이용하실 수 있습니다.(CIP제어번호: 2020030984)